PRÉSENTATION

Ces nouvelles de l'insolite s'inscrivent dans la grande tradition du « fantastique » anglo-saxon, que leurs auteurs ont contribué à instaurer.

Elles ont en commun de se présenter comme la relation, par des témoins, de faits que la science n'est pas encore en mesure d'expliquer.

Non que la science soit récusée comme mode de connaissance. Au contraire, elle est partout présente, dans son esprit et ses méthodes : souci de la matérialité des faits à la fin de la nouvelle de Washington Irving, approche clinique expérimentale utilisée par Poe, tentative d'explication scientifique du phénomène observé (Bierce), attitude rationaliste de Carnacki et référence à un corps de connaissances prétendument existantes (Hodgson), utilisation d'appareils et de techniques modernes (Lovecraft).

Ces méthodes « scientifiques » d'investigation, le ton d'objectivité des narrateurs, les détails concrets et quotidiens qu'ils mentionnent, l'incrédulité même de certains témoins accréditent la réalité des faits et forcent le lecteur à accepter l'existence de mondes parallèles et d'une zone de communication et de passage entre la vie et la mort.

Citons ici Lovecraft : « Le temps n'est plus où les adultes acceptaient le merveilleux comme une réalité (...) Dans tous ses détails, sauf dans l'événement extraordinaire qui y est décrit, le récit doit être parfaitement fidèle à la nature. Le ton doit être celui de l'exposé scientifique — puisque c'est la façon normale de présenter un « fait » nouveau par rapport aux connaissances existantes — et ne doit pas changer à mesure que l'histoire glisse progressivement du possible dans l'impossible. »

Cette porte une fois ouverte, il ne reste plus aux auteurs qu'à nous entraîner à leur suite, par la puissance de leur évocation et l'intensité de leurs invocations, dans cette région crépusculaire où rôdent l'horreur et le baroque.

Si le style est parfois quelque peu archaïque ou délibérément archaïsant — c'est là une des règles du genre — la richesse descriptive de ces nouvelles n'en constitue pas moins un apport précieux pour l'étudiant de la langue. Ces textes illustrent également l'aptitude de l'anglais à faire percevoir l'intangible, à rendre compte d'un climat, d'une atmosphère, à faire partager des sensations.

En sensibilisant le lecteur à cette composante majeure de la langue et en augmentant ses connaissances lexicales, l'étude de ces nouvelles le préparera à une appréciation plus profonde de la littérature anglo-américaine dans son ensemble.

Comment utiliser la série « Bilingue » ?

Cet ouvrage de la série « Bilingue » permet aux lecteurs :

• d'avoir accès aux versions originales de textes célèbres, et d'en apprécier, dans les détails, la forme et le fond, en l'occurrence, ici, des **nouvelles anglo-américaines** ;

• d'améliorer leur connaissance de l'anglais, en particulier dans le domaine du vocabulaire dont l'acquisition est facilitée par l'intérêt même du récit, et le fait que mots et expressions apparaissent en situation dans un contexte, ce qui aide à bien cerner leur sens.

Cette série constitue donc une véritable méthode d'auto-enseignement, dont le contenu est le suivant :

• page de gauche, le texte en anglais ;

• page de droite, la traduction française ;

• bas des pages de gauche et de droite, une série de notes explicatives (vocabulaire, grammaire, rappels historiques, etc.).

Les notes de bas de page et la liste récapitulative à la fin de l'ouvrage aident le lecteur à distinguer les mots et expressions idiomatiques d'un usage courant et qu'il lui faut mémoriser, de ce qui peut être trop exclusivement lié aux événements et à l'art de l'auteur.

Il est conseillé au lecteur de lire d'abord l'anglais, de se reporter aux notes et de ne passer qu'ensuite à la traduction ; sauf, bien entendu, s'il éprouve de trop grandes difficultés à suivre le texte dans ses détails, auquel cas il lui faut se concentrer davantage sur la traduction, pour revenir finalement au texte anglais, en s'assurant bien qu'il en a maintenant maîtrisé le sens.

Prononciation

Elle est donnée dans la nouvelle transcription — Alphabet Phonétique International modifié — adoptée par A.C. GIMSON dans la 14e édition de l'*English Pronoucing Dictionnary* de Daniel JONES (Dent, London).

Sons voyelles

[ɪ] **pit**, un peu comme le *i* de *site*

[æ] **flat**, un peu comme le *a* de *patte*

[ɒ] ou [ɔ] **not**, un peu comme le *o* de *botte*

[ʊ] ou [u] **put**, un peu comme le *ou* de *coup*

[e] **lend**, un peu comme le *è* de *très*

[ʌ] **but**, entre le *a* de *patte* et le *eu* de *neuf*

[ə] jamais accentué, un peu comme le *e* de *le*

Voyelles longues

[iː] **meet** [miːt] cf. *i* de *mie*

[ɑː] **farm** [fɑːm] cf. *a* de *larme*

[ɔː] **board** [bɔːd] cf. *o* de *gorge*

[uː] **cool** [kuːl] cf. *ou* de *mou*

[ɜː] ou [əː] **firm** [fəːm] cf. *e* de *peur*

Semi-voyelle :

[j] **due** [djuː], un peu comme *diou*...

Diphtongues (voyelles doubles)

[aɪ] **my** [maɪ], cf. *aïe !*
[ɔɪ] **boy**, cf. *oyez !*
[eɪ] **blame** [bleɪm] cf. *eille* dans *bouteille*
[aʊ] **now** [naʊ] cf. *aou* dans *caoutchouc*
[əʊ] ou [əu] **no** [nəʊ], cf. *e* + *ou*
[ɪə] **here** [hɪə] cf. *i* + *e*
[eə] **dare** [deə] cf. *é* + *e*
[ʊə] ou [uə] **tour** [tʊə] cf. *ou* + *e*

Consonnes

[θ] **thin** [θɪn], cf. *s* sifflé (langue entre les dents)
[ð] **that** [ðæt], cf. *z* zézayé (langue entre les dents)
[ʃ] **she** [ʃiː], cf. *ch* de *chute*
[ŋ] **bring** [brɪŋ], cf. *ng* dans *ping-pong*
[ʒ] **measure** ['meʒə], cf. le *j* de *jeu*
[h] le *h* se prononce ; il est nettement expiré

Accentuation

ˊ – accent unique ou principal, comme dans MOTHER [ˈmʌðə]
ˏ – accent secondaire, comme dans PHOTOGRAPHIC [ˌfəutəˈgræfɪk]

WASHINGTON IRVING

The Adventure of the German Student

L'aventure de l'étudiant allemand

Washington Irving (1783-1859), le créateur de Rip Van Winkle et d'Ichabod Crane, est sans doute l'un des premiers écrivains américains à avoir atteint, de son vivant, une renommée internationale.

Irving, qui avait reçu une formation de juriste durant sa jeunesse, commença sa carrière d'écrivain par la publication en 1802 d'essais et de satires, qui connurent très vite un grand succès auprès du public et des critiques. Son recueil, *A History of New York* (1809), qui prétend décrire la colonisation hollandaise de New York mais qui, en fait, s'attaque aux mœurs politiques de son temps, demeure un chef-d'œuvre de littérature comique.

Irving séjourna en Angleterre de 1815 à 1826, puis en Espagne de 1826 à 1832, périodes durant lesquelles il consolida sa réputation d'écrivain international en publiant une série d'ouvrages où il démontre par l'élégance de son style et sa maîtrise de la forme ce qu'est la nouvelle, et d'autre part l'habileté indéniable qu'il a à traiter des sujets exotiques.

A son retour aux États-Unis, après un nouveau séjour en Espagne de 1842 à 1846, il fut accueilli comme l'un des maîtres incontestés de la littérature américaine, statut qu'il conserva jusqu'à sa mort.

La nouvelle qui suit est extraite du recueil *Tales of a Traveller* (1824). Elle démontre le talent d'Irving à aborder des thèmes classiques de la *littérature gothique*, talent qui n'est pas sans préfigurer celui de Poe.

In a stormy[1] night, in the tempestuous times of the French revolution, a young German was returning to his lodgings[2], at a late hour, across the old part of Paris. The lightning[3] gleamed[4], and the loud claps of thunder rattled[5] through the lofty[6] narrow streets — but I should first tell you something about this young German.

Gottfried Wolfgang was a young man of good family. He had studied for some time at Gottingen, but being of a visionary and enthusiastic character, he had wandered into those wild and speculative doctrines which have so often bewildered[7] German students. His secluded[8] life, his intense application, and the singular nature of his studies, had an effect on both mind and body. His health was impaired ; his imagination diseased. He had been indulging in fanciful speculations on spiritual essences[9], until, like Swedenborg[10], he had an ideal world of his own around him. He took up a notion, I do not know from what cause, that there was an evil influence hanging over him ; an evil genius or spirit seeking to ensnare[11] him and ensure his perdition. Such an idea working on his melancholy temperament, produced the most gloomy[12] effects. He became haggard and desponding[13]. His friends discovered the mental malady preying[14] upon him, and determined that the best cure was a change of scene ; he was sent, therefore, to finish his studies amid the splendors and gayeties of Paris.

---

1. **stormy :** *orageux* (propre et figuré) ; **storm** : *orage.*
2. **lodging :** *logement, logis ;* au pluriel, désigne souvent un appartement meublé ; de **to lodge** : *loger, héberger ;* **a lodge** : *une loge, un pavillon ;* **a lodger** : *un locataire.*
3. **lightning :** *la foudre, les éclairs* (ne pas confondre avec **lighting** : *l'éclairage*) ; **struck by lightning** : *frappé par la foudre.*
4. **to gleam :** *luire, reluire, rayonner ;* **a gleam** : *un rayon, une lueur.*
5. **to rattle :** *cliqueter, crépiter, trembler, faire vibrer ;* **a rattle** : *un hochet ;* **rattlesnake** : *serpent à sonnette.*
6. **lofty :** 1) (ici) *haut, élevé ;* 2) *orgueilleux, hautain ;* **a loft** : *un grenier, une soupente.*
7. **to bewilder :** *désorienter, dérouter, troubler ;* **bewilderment** : *confusion, trouble ;* **bewildering** : *troublant.*

Pendant l'époque turbulente de la Révolution française, lors d'une nuit d'orage, un jeune Allemand s'en revenait vers sa chambre à une heure tardive, dans les vieux quartiers de Paris. Des éclairs zébraient le ciel, et des coups de tonnerre retentissaient dans les hautes rues étroites — mais je dois d'abord vous dire quelque chose sur ce jeune Allemand.

Gottfried Wolfgang était un jeune homme de bonne famille. Il avait étudié pendant plusieurs années à Göttingen, mais ayant une personnalité passionnée et visionnaire, il s'était aventuré vers ces folles théories conjecturales qui ont si souvent plongé les étudiants allemands dans la confusion. Sa vie de reclus, son intense application et la singulière nature de ses études affectèrent à la fois son corps et son esprit. Sa santé commença à se dégrader ; son imagination devint maladive. Il s'était abandonné à de fantastiques conjectures sur l'essence spirituelle des choses et, comme Swedenborg, il en était venu à se réfugier dans un monde idéal qu'il avait créé. Il s'était mis en tête, je ne sais pourquoi, qu'une influence maléfique planait sur lui : une espèce de mauvais génie ou d'esprit malin cherchait à l'attirer dans un piège afin de causer sa perte. Une telle idée, venant s'ajouter à son tempérament mélancolique, produisit un effet des plus nocifs. Il devint hagard et abattu. Ses amis découvrirent la maladie mentale qui l'accablait et décidèrent que le meilleur des remèdes était un changement d'air. On l'envoya donc finir ses études dans la splendeur et la joie de la « vie parisienne ».

---

8. **secluded :** *écarté, retiré ;* **seclusion** : *solitude, retraite.*
9. **essence :** le français « *essence* » (de moteur) se traduit par **gasoline** (U.S.) ou **petrol** (G.B.).
10. **Swedenborg Emmanuel :** philosophe mystique suédois (1688-1772).
11. **to ensnare :** *prendre au piège, séduire* (au sens figuré) ; de **snare** : *lacet, collet, piège* ; et **to snare** : *prendre au collet, piéger.*
12. **gloomy :** *sombre, ténébreux, lugubre ;* de **gloom** : *obscurité, ténèbres, mélancolie.*
13. **desponding :** *découragé, abattu* (également **despondent**) ; **despondency** : *découragement, abattement ;* ⚠ pas de verbe to despond.
14. **to prey sb, sth :** *faire sa proie de qqn ou qqch. ;* **prey** : *proie ;* **a bird of prey** : *un oiseau de proie.*

Wolfgang arrived at Paris at the breaking out [1] of the revolution. The popular delirium at first caught his enthusiastic mind, and he was captivated by the political and philosophical theories of the day ; but the scenes of blood which followed shocked his sensitive nature, disgusted him with society and the world, and made him more than ever a recluse [2]. He shut himself up in a solitary apartment in the "Pays Latin", the quarter of students. There, in a gloomy street not far from the monastic walls of the Sorbonne, he pursued his favorite speculations. Sometimes he spent hours together in the great libraries of Paris, those catacombs of departed [3] authors, rummaging [4] among their hoards [5] of dusty and obsolete [6] works in quest of food for his unhealthy appetite. He was, in a manner, a literary ghoul [7], feeding in the charnel [8]-house of decayed [9] literature.

Wolfgang, though solitary and recluse, was of an ardent temperament, but for a time it operated merely upon his imagination. He was too shy [10] and ignorant of the world to make any advances to the fair [11], but he was a passionate admirer of female beauty, and in his lonely chamber would often lose himself in reveries on forms and faces which he had seen, and his fancy [12] would deck out [13] images of loveliness far surpassing the reality.

While his mind was in this excited and sublimated [14] state, a dream produced an extraordinary effect upon him.

---

1. **to break out :** 1) *s'échapper, s'évader ;* 2) (ici) *éclater, se déclarer.*
2. **recluse :** *reclus, personne retirée du monde ; réclusion à perpétuité :* **life sentence, life imprisonment.**
3. **to depart :** 1) *partir, quitter un lieu ;* 2) *se départir, déroger ;* **departed** : (ici) *défunt, décédé, disparu.*
4. **to rummage :** *fouiller, farfouiller ;* **rummage** : 1) *fouille ;* 2) *vieilleries ;* **a rummage sale** : *une vente de charité.*
5. **hoard :** 1) (ici) *amas, accumulation ;* 2) (par extension) *trésor, magot ;* **to hoard** : *amasser, accaparer.*
6. **obsolete :** *désuet, suranné, dépassé, démodé, aboli ;* cf. le mot « *obsolescence* ».
7. **ghoul :** *goule ;* au sens figuré, quelqu'un qui se repaît de choses mortes, *un monstre ;* mot d'origine arabe (ghûl) désignant une créature de légende qui profane les tombes

Wolfgang arriva à Paris comme la Révolution éclatait. Au début, le délire populaire exalta son esprit passionné, et il se captiva pour les théories politiques et philosophiques du jour. Mais les scènes sanglantes qui suivirent choquèrent sa nature sensible, le dégoûtèrent de la société et du monde, et le poussèrent plus que jamais à vivre en reclus. Il s'enferma dans une chambre solitaire du « Pays Latin », le quartier des étudiants. Là, dans une rue lugubre, non loin des murs monastiques de la Sorbonne, il poursuivit ses spéculations favorites. Parfois, il passait des heures entières dans les grandes bibliothèques parisiennes, ces catacombes d'auteurs disparus, fouillant parmi des piles de travaux anciens et poussiéreux, en quête de nourriture pour ses appétits malsains. Il était devenu, d'une certaine façon, semblable à un déterreur de cadavres littéraires, se repaissant dans les charniers d'une littérature pourrissante.

Bien que vivant en solitaire et en reclus, Wolfgang était cependant affecté d'un tempérament ardent, mais jusqu'ici, celui-ci n'avait trouvé à s'exprimer que dans sa seule imagination. Il était trop timide et ignorant des mondanités pour faire de quelconques avances au beau sexe. Pourtant, c'était un admirateur passionné de la beauté féminine et, dans sa chambre solitaire, il se perdait souvent en rêveries sur des formes ou des visages qu'il avait entr'aperçus, et son imagination bâtissait alors des images de beauté qui surpassaient de loin la réalité./

Pendant que son esprit était dans cet état d'intense exaltation, un rêve produisit sur lui un effet extraordinaire.

---

pour voler les cadavres et s'en nourrir ; a suscité les dérivés **ghoulish** et **ghoulishness**.

8. **charnel :** *charnier, ossuaire.*
9. **to decay :** *tomber en ruine, pourrir, se délabrer ;* **decay** : *pourriture, décadence, délabrement.*
10. **shy :** (ici) *timide, sauvage, farouche ;* **to shy away** : *reculer, craindre.*
11. **fair :** 1) *beau, belle* (ici : par extension, *le beau sexe*) ; 2) *blond ;* 3) *juste, honnête, net, clair.*
12. **fancy :** 1) (ici) *imagination, fantaisie ;* 2) *caprice, goût ;* **to fancy** : 1) *s'imaginer, se figurer ;* 2) *se sentir attiré vers qqn* ou *qqch.*
13. **to deck out :** *parer, orner, embellir.*
14. **to sublimate :** 1) *sublimer* (chimie) ; 2) (ici) au sens figuré : *raffiner, idéaliser* (un sentiment), *se sublimer.*

It was of a female face of transcendent beauty. So strong was the impression made, that he dreamt of it again and again. It haunted his thoughts by day, his slumbers [1] by night ; in fine [2], he became passionately enamoured [3] of this shadow of a dream. This lasted [4] so long that it became one of those fixed ideas which haunt the minds of melancholy [5] men, and are at times mistaken [6] for madness.

Such was Gottfried Wolfgang, and such his situation at the time I mentioned. He was returning home late one stormy night, through some of the old and gloomy streets of the "Marais", the ancient part of Paris. The loud claps of thunder rattled among the high houses of the narrow streets. He came to the Place de Greve, the square where public executions are performed [7]. The lightning quivered [8] about the pinnacles of the ancient Hotel de Ville, and shed flickering [9] gleams over the open space in front. As Wolfgang was crossing the square, he shrank [10] back with horror at finding himself close by the guillotine. It was the height of the reign of terror, when this dreadful [11] instrument of death stood ever ready, and its scaffold [12] was continually running with the blood of the virtuous and the brave. It had that very day been actively employed in the work of carnage, and there it stood in grim [13] array [14], amidst a silent and sleeping city, waiting for fresh victims.

---

1. **slumber :** *sommeil, assoupissement* (plus profond que sleep) ; **a deep slumber** : *un sommeil profond.*
2. **in fine :** (latin) *finalement, en fin de compte.*
3. **enamoured** [i'næməd] : (adjectif, ▲ pas de verbe to enamour) *amoureux* (avec passion).
4. **to last :** *durer, se maintenir* (**it's too good to last** : *ça ne peut pas durer*) ; **lasting** : *durable.*
5. **melancholy :** ▲, ce mot a la même forme pour le nom et, comme ici, l'adjectif.
6. **to mistake (I mistook, mistaken) :** *se méprendre, se tromper, confondre qqch.*
7. **to perform :** 1) (ici) *célébrer* (un rituel), *opérer* (une manipulation), *remplir* (un devoir) ; 2) *jouer* (un rôle, une pièce), *représenter, exécuter ;* **a performance** : *une représentation, une performance.*

C'était celui d'un visage féminin d'une beauté sublime. L'impression qu'il en éprouva fut si forte qu'il en rêva plusieurs nuits de suite. Ce visage hantait ses pensées durant le jour, et ses songes la nuit. À la fin, il devint passionnément amoureux de ce fantasme. Cette passion dura si longtemps qu'elle devint comme l'une de ces idées fixes qui hantent les esprits des personnes mélancoliques, et qui sont parfois confondues avec la folie.

Telle était la situation de Gottfried Wolfgang à l'instant dont je parle. Ce soir-là, il rentrait donc chez lui, tard dans la nuit, en empruntant les vieilles rues lugubres du Marais, cet ancien quartier de Paris. Des coups de tonnerre éclataient entre les hautes maisons qui bordaient ces rues étroites. Il arriva enfin Place de Grève, l'endroit où se déroulaient les exécutions publiques. La foudre dansait autour des clochetons du vieil Hôtel de Ville, et en illuminait par intermittence le parvis. Wolfgang traversa la place, et recula d'horreur quand il découvrit soudain qu'il se trouvait près de la guillotine. On était alors au summum du règne de la Terreur, et ce terrible instrument de mort était toujours prêt à fonctionner, son échafaud continuellement arrosé par le sang de gens vertueux et braves. Ce jour-là, la guillotine avait été employée avec diligence pour son œuvre de carnage ; elle se dressait là, sinistre, dans le silence de la ville endormie, attendant de nouvelles victimes.

---

8. **to quiver :** *trembler, frémir, frissonner ;* **a quiver** : 1) *un frisson ;* 2) *un carquois.*
9. **to flicker :** *trembloter, vaciller, clignoter ;* **a flicker** : *un vacillement, un battement* (de paupières).
10. **to shrink (I shrank, shrunk** ou **shrunken) :** *se contracter, se rétrécir, rapetisser ;* **a shrink** : (argot) *un psychiatre* (« réducteur de tête »).
11. **dreadful :** *terrible, redoutable, atroce, affreux ;* de **dread** : *crainte, terreur, épouvante ;* également employé couramment : **I am dreadfully sorry** *(je suis terriblement désolé).*
12. **scaffold :** 1) (ici) *échafaud ;* 2) *échafaudage* (syn. **scaffolding**) ; **to go to the scaffold :** *monter sur l'échafaud.*
13. **grim :** *sinistre, lugubre, macabre ;* (visage, etc.) *sévère.*
14. **array :** *ordre de bataille, rangs, étalage, déploiement.*

Wolfgang's heart sickened [1] within him, and he was turning shuddering [2] from the horrible engine, when he beheld [3] a shadowy form, cowering [4] as it were at the foot of the steps which led up to the scaffold. A succession of vivid flashes of lightning revealed it more distinctly. It was a female figure, dressed in black. She was seated on one of the lower steps of the scaffold, leaning forward, her face hid in her lap [5] ; and her long dishevelled [6] tresses hanging to the ground, streaming with the rain that fell in torrents. Wolfgang paused. There was something awful in this solitary monument of woe [7]. The female had the appearance of being above the common order. He knew the times to be full of vicissitude, and that many a fair head [8], which had once been pillowed [9] on down [10], now wandered houseless. Perhaps this was some poor mourner [11] whom the dreadful axe [12] had rendered desolate, and who sat here heart-broken on the strand [13] of existence, from which all that was dear to her had been launched [14] into eternity.

He approached, and addressed her in the accents of sympathy. She raised her head and gazed [15] wildly at him. What was his astonishment at beholding, by the bright glare of the lightning, the very face which had haunted him in his dreams. It was pale and disconsolate, but ravishingly beautiful.

Trembling with violent and conflicting emotions, Wolfgang again accosted her.

---

1. **to sicken :** *tomber malade, dépérir ;* construit sur **sick** : *malade ;* **sickening** : *écœurant, dégoûtant.*
2. **to shudder :** *frissonner* (plus fort que **to shiver**).
3. **to behold :** *voir, apercevoir, contempler ;* **beholder** : *spectateur* (**beauty is in the eyes of the beholder** : *la beauté est dans l'œil de celui qui regarde*).
4. **to cower :** 1) *se tapir, se faire tout petit ;* 2) (ici) *trembler devant qqn ou qqch.*
5. **lap :** *giron, genoux* (**to sit on someone's lap** : *s'asseoir sur les genoux de qqn*).
6. **dishevelled** [di'ʃevəld] : *échevelé, dépeigné, ébouriffé.*
7. **woe :** *malheur, chagrin ;* **woeful** : *affligé, malheureux.*
8. **many a fair head :** tournure littéraire, cf. **many a man,** *bien des hommes,* **many a time,** *maintes fois.*
9. **pillow :** *oreiller, coussin ;* **to pillow** : *reposer sa tête, se*

Wolfgang sentit son cœur lui manquer. Il s'éloignait en tremblant de l'horrible machine quand il remarqua une silhouette cachée dans l'ombre, recroquevillée pour ainsi dire au bas des marches qui menaient à l'échafaud. Une série d'éclairs la révéla plus distinctement. C'était une femme tout de noir habillée. Elle était assise, penchée en avant, sur l'une des marches inférieures de l'échafaud, la tête cachée entre les genoux, sa longue chevelure décoiffée se répandant jusqu'au sol, dégoulinant sous la pluie qui tombait à torrents. Wolfgang s'arrêta. Il y avait quelque chose d'affreux dans ce monument de malheur solitaire. La femme avait l'air de quelqu'un hors du commun. Wolfgang savait très bien que, par les temps dans lesquels il vivait, de tels malheurs étaient fréquents. Beaucoup de belles têtes, qui avaient autrefois vécu dans le luxe, étaient désormais sans foyers. Peut-être cette femme était-elle quelque pauvre âme en deuil, plongée dans le désespoir par la terrible machine. Elle était là, assise, le cœur brisé, arrivée au bout d'une existence d'où tout ce qui lui était cher avait été banni pour toujours.

Wolfgang s'approcha d'elle et lui adressa la parole avec des accents de sympathie dans la voix. Elle leva la tête et le regarda, effarouchée. Quel ne fut pas son étonnement quand il découvrit alors, à la lueur violente des éclairs, qu'elle avait le même visage que celui qui avait hanté ses rêves. Ce visage était pâle, l'air inconsolable, et pourtant beau à ravir.

Tremblant sous l'effet d'une émotion violente et contradictoire, Wolfgang s'approcha à nouveau de la femme.

---

faire un oreiller ; **pillowcase** : *taie d'oreiller.*

10. **down :** *duvet.* Le français « édredon » vient de **eiderdown,** *duvet d'eider.*

11. **mourner :** *personne en deuil ;* de **to mourn** : *porter le deuil, pleurer, se lamenter ;* **mourning** : *deuil.*

12. **axe :** *hâche ;* **to get the axe** : *être viré ;* (le français « *axe* » se dit **axis**).

13. **strand :** 1) (ici) *fil, ficelle, brin, corde ;* 2) *plage, grève ;* **to strand** : 1) *toronner un cordage ;* 2) *échouer* (un navire), *abandonner* (qqn).

14. **to launch :** *lancer* (un projectile, un coup, un vaisseau, une fusée, un emprunt, une affaire, etc.) ; **a launch** : 1) *un lancement ;* 2) *une chaloupe.*

15. **to gaze :** *regarder fixement, contempler avec intensité ;* **a gaze** : *un regard fixe.*

He spoke something of her being exposed at such an hour of the night, and to the fury of such a storm, and offered to conduct her to her friends. She pointed to the guillotine with a gesture [1] of dreadful signification.

"I have no friend on earth !" said she.

"But you have a home," said Wolfgang.

"Yes — in the grave [2] !"

The heart of the student melted [3] at her words.

"If a stranger dare [4] make an offer," said he, "without danger of being misunderstood, I would offer my humble dwellings [5] as a shelter [6] ; myself as a devoted [7] friend. I am friendless myself in Paris, and a stranger in the land ; but if my life could be of service, it is at your disposal, and should be sacrificed before harm [8] or indignity [9] should come to you."

There was an honest earnestness [10] in the young man's manner that had its effect. His foreign accent, too, was in his favor ; it showed him not to be a hackneyed [11] inhabitant of Paris. Indeed, there is an eloquence in true enthusiasm that is not to be doubted. The homeless stranger confided herself implicitly to the protection of the student.

He supported her faltering [12] steps across the Pont Neuf, and by the place where the statue of Henry the Fourth had been overthrown [13] by the populace.

---

1. **gesture :** *geste, signe ;* **to gesture** : *faire un geste, un signe.*
2. **grave :** 1) (ici) *tombe, tombeau ;* 2) (adj.) *grave, solennel ;* **to grave** : *graver* (syn. **to engrave**).
3. **to melt** (p.t. et p.p. **melted** ; p.p. adj. **molten**) : *fondre, liquéfier ;* **melting point** : *point de fusion.*
4. **to dare :** *oser ;* **daring** : *audacieux, provoquant ;* **a dare** : *un défi ;* **how dare you !** *comment osez-vous !*
5. **dwelling :** *lieu de séjour, domicile ;* de **to dwell** (p.t. et p.p. **dwelt**) : *habiter, résider.*
6. **shelter :** *abri, refuge ;* **to shelter** : *abriter ;* **a tax shelter** : *une méthode d'évasion fiscale.*
7. **devoted :** *dévoué, attaché ;* de **to devote** : *consacrer ;* **devotee** : *fervent admirateur, passionné.*
8. **harm :** *mal, tort ;* **to harm** : *faire du mal, du tort ;* **harmful** : *malfaisant, nuisible ;* **harmless** : *inoffensif.*

Il fit quelques remarques sur le fait qu'elle était dehors à une heure avancée de la nuit, et exposée à la furie d'un tel orage. Il offrit de la raccompagner chez l'un de ses amis. Mais elle indiqua la guillotine avec un geste chargé de terribles sous-entendus.

— Je n'ai plus d'amis sur terre, dit-elle.

— Mais vous avez bien un domicile, remarqua Wolfgang.

— Oui... dans la tombe !

Le cœur de l'étudiant fondit à ces mots.

— Si vous permettez à un étranger d'oser vous faire une proposition, dit-il, sur le sens de laquelle je ne voudrais pas que vous vous mépreniez, je serais tout disposé à vous offrir mon humble logement comme abri, et ma personne comme ami dévoué. Je n'ai moi-même aucun ami à Paris, et suis un étranger dans ce pays. Si ma vie pouvait cependant vous être d'un quelconque secours, je la mets volontiers à votre disposition, et suis prêt à la sacrifier afin de vous éviter de nouveaux malheurs.

Il y avait dans la façon de s'exprimer du jeune homme une ferveur honnête qui fit bon effet. Son accent étranger plaidait également en sa faveur. Cela faisait de lui quelque chose de plus qu'un banal Parisien. Enfin, il y avait dans sa passion sincère une indubitable éloquence. L'étrangère sans foyer se plaça donc implicitement sous la protection de l'étudiant.

Il la soutint dans sa marche chancelante, et ils traversèrent ainsi le Pont-Neuf, et le lieu où la statue d'Henri IV avait été renversée par la populace.

---

9. **indignity :** *indignité ;* **to suffer indignities** : *essuyer un affront ;* **indignant** : *indigné ;* **indignation** : *indignation.*
10. **earnestness :** *gravité, sérieux, ferveur ;* de l'adjectif **earnest** : *grave, sérieux, fervent, pressant.*
11. **hackneyed :** *rebattu, usé, banal, cliché ;* de **hackney** ou **hack** : *cheval de louage, rosse, bidet ;* par extension, **hack** : *tâcheron littéraire, nègre,* et **to hack** : *écrire qqch de banal, à la commande.*
12. **to falter :** *hésiter, trembler, chanceler ;* **a faltering voice** : *une voix mal assurée.*
13. **to overthrow :** 1) (ici) *renverser, abattre, vaincre ;* 2) (nom) *subversion, défaite, renversement ;* de **to throw** : *jeter, lancer ;* même construction que **to overtake** : *dépasser ;* **to override** ; *outrepasser.*

The storm had abated [1], and the thunder rumbled at a distance. All Paris was quiet ; that great volcano of human passion slumbered for a while, to gather [2] fresh strength for the next day's eruption. The student conducted his charge [3] through the ancient streets of the "Pays Latin", and by the dusky [4] walls of the Sorbonne, to the great dingy [5] hotel which he inhabited. The old portress who admitted them stared with surprise at the unusual sight of the melancholy Wolfgang with a female companion.

On entering his apartment, the student, for the first time, blushed [6] at the scantiness [7] and indifference of his dwelling. He had but one chamber — and old-fashioned saloon — heavily carved [8], and fantastically furnished with the remains of former magnificence, for it was one of those hotels in the quarter of the Luxembourg palace, which had once belonged to nobility. It was lumbered [9] with books and papers, and all the usual apparatus of a student, and his bed stood in a recess [10] at one end.

When lights were brought, and Wolfgang had a better opportunity of contemplating the stranger, he was more than ever intoxicated by her beauty. Her face was pale, but of a dazzling [11] fairness, set off by a profusion of raven [12] hair that hung clustering [13] about it. Her eyes were large and brilliant, with a singular expression approaching almost to wildness [14].

---

1. **to abate :** *diminuer, faiblir, se calmer, apaiser ;* **abatement** : *diminution, affaiblissement.*
2. **to gather :** 1) (ici) *assembler, rassembler ;* 2) *cueillir, recueillir ;* **gathering** : *rassemblement.*
3. **charge :** 1) *charge* (explosif) ; 2) *prix, droits, frais* (**charge card** : *carte de crédit*) ; 3) *charge* (emploi, fonction) ; 4) (ici) *garde, soin ;* 5) (juridique) *motif d'accusation ;* 6) *charge* (militaire).
4. **dusky :** *sombre, obscur ;* de **dusk** : *crépuscule.*
5. **dingy** ['dindʒi] : *défraîchi, miteux, terne ;* substantif : **dinginess.**
6. **to blush :** *rougir* (personne) ; également **to redden.**
7. **scantiness :** *insuffisance, pauvreté ;* adjectif : **scanty** ou **scant.**
8. **to carve :** 1) (ici) *sculpter, graver, ciseler ;* 2) *découper la viande* (**carving knife** : *couteau à découper*).

L'orage était passé, et le tonnerre grondait dans le lointain. Tout Paris était calme. Le grand volcan de la passion humaine sommeillait pour l'instant, préparant ses forces pour l'éruption du lendemain. L'étudiant conduisit sa protégée à travers les anciennes rues du « *Pays Latin* », le long des murs poussiéreux de la Sorbonne, jusqu'au grand hôtel délabré où il logeait. La vieille concierge qui les laissa entrer regarda non sans surprise le spectacle inhabituel du mélancolique Wolfgang ainsi accompagné d'une femme.

En pénétrant dans sa chambre, pour la première fois, l'étudiant rougit de la pauvreté et de l'anonymat de celle-ci. Il ne disposait que d'une pièce, un salon démodé aux boiseries lourdes, meublé dans un style baroque avec les reliquats de la munificence du passé. C'était, en effet, l'un de ces hôtels du quartier du Palais du Luxembourg qui avait autrefois appartenu à quelque aristocrate. La chambre était encombrée de livres et de papiers, ainsi que de toutes les affaires que l'on trouve habituellement dans une chambre d'étudiant. Le lit était situé dans une alcôve, dans un coin de la pièce.

Après que l'on eut apporté les lumières, Wolfgang put mieux examiner l'étrangère. Il fut plus que jamais saisi par sa beauté. Son visage était pâle, mais d'une blancheur éblouissante, bien mise en valeur par une chevelure noire et abondante, qui cascadait en vagues tout autour de celui-ci. Ses yeux étaient grands et brillants, avec une curieuse expression qu'on aurait presque pu prendre pour du délire.

---

9. **to lumber :** 1) (ici) *encombrer une pièce de meubles, entasser pêle-mêle ;* 2) *débiter du bois, abattre des arbres ; avancer d'un pas pesant ;* **lumber** : 1) *vieux meubles ;* 2) *bois* (en gros et découpé).
10. **recess :** 1) *intersession* (parlement), *vacances* (tribunal) ; 2) (ici) *recoin, alcôve.*
11. **to dazzle :** *éblouir, aveugler ;* **dazzle** : *éblouissement.*
12. **raven** ['reivən] : 1) *corbeau ;* 2) (par extension) *noir* comme les ailes d'un corbeau.
13. **to cluster :** *regrouper, rassembler ;* **cluster** : *groupe, grappe, amas.*
14. **wildness :** 1) *état sauvage ;* 2) (ici) *fureur, sauvagerie ;* 3) *frénésie, extravagance ;* de **wild** : *sauvage, furieux, féroce, extravagant,* etc.

As far as her black dress permitted her shape [1] to be seen, it was of perfect symmetry. Her whole appearance was highly striking [2], though she was dressed in the simplest style. The only thing approaching to an ornament which she wore [3], was a broad [4] black band round her neck, clasped [5] by diamonds.

The perplexity now commenced with the student how to dispose of the helpless being thus thrown upon his protection. He thought of abandoning his chamber to her, and seeking shelter for himself elsewhere. Still, he was so fascinated by her charms, there seemed to be such a spell [6] upon his thoughts and senses, that he could not tear [7] himself from her presence. Her manner, too, was singular and unaccountable [8]. She spoke no more of the guillotine. Her grief [9] had abated. The attentions of the student had first won her confidence, and then, apparently, her heart. She was evidently an enthusiast like himself, and enthusiasts soon understand each other.

In the infatuation [10] of the moment, Wolfgang avowed [11] his passion for her. He told her the story of his mysterious dream, and how she had possessed [12] her heart before he had even seen her. She was strangely affected by his recital [13], and acknowledged to have felt an impulse towards him equally unaccountable. It was the time for wild theory and wild actions.

---

1. **shape :** *forme, tournure, silhouette ;* **to shape :** *former, modeler.*
2. **to strike (I struck, struck) :** 1) (ici) *frapper* (au sens propre comme au sens figuré) ; 2) *tomber sur, découvrir ;* 3) *faire grève ;* **a strike :** 1) *un coup ;* 2) *une découverte ;* 3) *une grève.*
3. **to wear (I wore, worn) :** 1) (ici) *porter un vêtement* (**men's wear :** *vêtements d'hommes*) ; 2) *user, consumer* (**wear and tear :** *dégradation*).
4. **broad :** ⚠ la prononciation [brɔːd].
5. **to clasp :** 1) (ici) *agrafer ;* 2) (sens figuré) *serrer, étreindre ;* **a clasp :** *une broche, une agrafe, un fermoir.*
6. **spell :** 1) (ici) *charme, incantation, sort* (**to cast a spell :** *jeter un sort*) ; 2) *tour, durée, période de temps ;* **to spell :** *épeler ;* **spelling :** *orthographe.*
7. **to tear** ['tɛər] : *déchirer, arracher ;* **a tear :** *une déchi-*

Dans la mesure où sa robe noire laissait entr'apercevoir sa silhouette, celle-ci semblait être d'une parfaite symétrie. Toute son apparence était extrêmement remarquable, bien qu'elle fût vêtue de façon modeste. La seule chose qui se pouvait rapprocher d'un ornement était un large ruban noir, attaché autour de son cou par une broche en diamants.

L'étudiant fut alors envahi par une certaine perplexité sur ce qu'il devait maintenant faire de la créature désemparée qui s'était ainsi placée sous sa protection. Il eut l'idée de lui abandonner sa chambre, et d'aller chercher ailleurs un refuge pour la nuit. Cependant, il était tellement fasciné par les charmes de la jeune femme qu'il ne put pas s'arracher à sa présence. C'était comme un sortilège jeté sur ses pensées et ses sens. La conduite de l'inconnue était également devenue curieuse et inexplicable. Elle ne parlait plus de guillotine. Son chagrin paraissait être passé. Les attentions de l'étudiant semblaient avoir d'abord gagné sa confiance, puis, en toute apparence, son cœur. Elle était, de toute évidence, une passionnée comme lui, et ce genre de personnes se comprennent très vite entre elles.

Dans l'engouement du moment, Wolfgang lui avoua la passion qu'il éprouvait désormais pour elle. Il lui raconta l'histoire de son rêve mystérieux, et lui dit comment elle s'était emparée des clés de son cœur avant même qu'il ne l'eût rencontrée. Elle fut étrangement touchée par son récit, et reconnut avoir également éprouvé quelque sentiment totalement inexplicable la poussant vers lui. C'était une époque de folles théories, et de non moins folles actions.

---

rure, un accroc ; ne pas confondre avec **a tear** ['tiər] : *une larme* (**to shed a tear** : *pleurer,* syn. **to cry**).

8. **unaccountable :** *inexplicable ;* construit sur **to account** : *rendre compte, justifier.*

9. **grief :** *chagrin, douleur, peine ;* **Good grief** ! *Mon Dieu !*

10. **infatuation :** *engouement, béguin ;* **infatuated** : *infatué, entiché.*

11. **to avow :** 1) *se déclarer, s'avérer* (**an avowed Republican** : *un Républicain avoué*) ; 2) (ici) *avouer, admettre* (**to avow oneself beaten** : *s'avouer vaincu*).

12. **to possess :** ⚠ la prononciation [pə'zes].

13. **recital :** (littéraire ou juridique) *récit détaillé.* En anglais usuel, *récit* se dira **account** ou **story**.

Old prejudices[1] and superstitions were done away ; everything was under the sway[2] of the "Goddess of Reason". Among other rubbish[3] of the old times, the forms and ceremonies of marriage began to be considered superfluous bonds[4] for honorable minds. Social compacts[5] were the vogue. Wolfgang was too much of a theorist not to be tainted[6] by the liberal doctrines of the day.

"Why should we separate ?" said he : "our hearts are united ; in the eye of reason and honor we are as one. What need is there of sordid forms to bind[7] high souls together ?"

The stranger listened with emotion : she had evidently received illumination at the same school.

"You have no home nor family," continued he : "let me be everything to you, or rather let us be everything to one another. If form is necessary, form shall be observed — there is my hand. I pledge[8] myself to you forever."

"Forever ?" said the stranger, solemnly.

"Forever !" replied Wolfgang.

The stranger clasped the hand extended to her : "Then I am yours," murmured she, and sank[9] upon his bosom[10].

The next morning the student left his bride[11] sleeping, and sallied forth[12] at an early hour to seek more spacious apartments suitable to the change in his situation.

---

1. **prejudice :** 1) (ici) *préjugé, préconception ;* le français « *préjudice* » se traduirait plus couramment par **damages** ; 2) en langage juridique, cependant, **prejudice** peut également se traduire par « *préjudice* » ou « *dommage* ».
2. **sway :** 1) *balancement, oscillation ;* 2) (ici) *empire, domination ;* **to sway** : 1) *se balancer ;* 2) *gouverner, diriger.*
3. **rubbish :** 1) *ordures, immondices ;* 2) (ici, au sens figuré) *bêtises, sottises, foutaises.*
4. **bond :** 1) (ici) *lien, attache* ; 2) (Bourse) *obligation, titre.*
5. **compact :** 1) (ici) *convention, accord ;* 2) *poudrier ;* 3) (U.S.) *voiture de petite taille ;* 4) (adj.) *compact, serré.*
6. **to taint :** *infecter, vicier, corrompre, souiller.*
7. **to bind** (p.t. et p.p. **bound**) : 1) *lier, attacher ;* 2) (ici, au sens figuré) *engager ;* 3) *relier* (livre) ; 4) *panser* (plaie) ;

Les vieux préjugés et superstitions de l'Ancien Régime venaient d'être balayés. Chaque chose était désormais placée sous le signe de la « Déesse de la Raison ». Parmi les nombreuses vieilleries de l'Ancien Régime, les formalités et cérémonies du mariage commençaient à être considérées comme des liens superflus pour tout esprit sensé. Les contrats sociaux étaient alors à la mode. Wolfgang était trop un théoricien pour n'être pas influencé par les doctrines libérales de son temps.

— Pourquoi devrions-nous nous quitter ? dit-il. Nos cœurs sont déjà unis. Aux yeux de la raison et de l'honneur, nous ne faisons qu'un. Quel besoin y a-t-il de formalités sordides pour unir nos âmes ?

L'étrangère écouta ce discours avec émotion. Elle avait, de toute évidence, été « éclairée » à la même école.

— Vous n'avez plus ni foyer ni famille, continua-t-il. Laissez-moi devenir tout pour vous, ou plutôt, soyons tout l'un pour l'autre. Si vous pensez que des formalités soient nécessaires, nous en observerons. Tenez, voici ma main. Je jure de tout mon cœur que je vous appartiendrai pour toujours.

— Pour toujours ? dit l'étrangère, solennellement.

— Pour toujours ! répondit Wolfgang.

L'étrangère serra la main qui lui avait été ainsi offerte.

— Alors, je suis à vous, murmura-t-elle, et elle laissa aller sa tête contre la poitrine de l'étudiant.

Le matin suivant, le jeune homme abandonna sa jeune épouse endormie et partit de bonne heure chercher un logement plus spacieux, convenant mieux à son changement de situation.

---

bind : *ligature, lien* (**to be in a bind** : *être en mauvaise posture*) ; mais **binding** : *reliure.*
8. **to pledge :** 1) *gager, donner en garantie ;* 2) (ici) *jurer, donner sa parole ;* **a pledge** : 1) *un gage ;* 2) *une promesse.*
9. **to sink (I sank, sunk) :** 1) *couler, aller au fond des eaux ;* 2) (ici) *s'enfoncer, s'affaisser, se tasser.*
10. **bosom :** 1) (ici) *poitrine* (pour une femme : *les seins*) ; 2) par extension : *giron, sein.*
11. **bride :** *épouse, fiancée* (sur le point de se marier), *nouvelle mariée* (masc. : **bridegroom**) ; **bridesmaid** : *demoiselle d'honneur.*
12. **to sally forth :** *faire une sortie ;* **a sally** : 1) *une excursion, une sortie ;* 2) *une saillie, un élan.*

When he returned, he found the stranger lying with her head hanging over the bed, and one arm thrown over it. He spoke to her, but received no reply. He advanced to awaken her from her uneasy posture. On taking her hand, it was cold — there was no pulsation — her face was pallid [1] and ghastly [2]. In a word, she was a corpse [3].

Horrified and frantic [4], he alarmed the house. A scene of confusion ensued [5]. The police was summoned [6]. As the officer of police entered the room, he started back on beholding the corpse.

"Great heaven !" cried he, "how did this woman come here ?"

"Do you know anything about her ?" said Wolfgang eagerly [7].

"Do I ?" exclaimed the officer : "she was guillotined yesterday."

He stepped forwards ; undid the black collar round the neck of the corpse, and the head rolled onto the floor !

The student burst into a frenzy [8]. "The fiend [9] ! the fiend has gained possession of me !" shrieked [10] he : "I am lost forever."

They tried to soothe [11] him, but in vain. He was possessed with the frightful [12] belief that an evil spirit had reanimated the dead body to ensnare him. He went distracted, and died in a madhouse [13].

---

1. **pallid :** *pâle, décoloré, blafard ;* **pallor** ou **pallidness** : *pâleur ;* plus fort que **pale**.
2. **ghastly :** *horrible, affreux, épouvantable* (**a ghastly mistake** : *une erreur monstrueuse*).
3. **corpse :** *cadavre, corps* (d'un mort) (plus usité que le terme **cadaver**, qui est plus médical) ; ne pas confondre avec **corps** [kɔːr] : *corps, corps diplomatique,* etc.
4. **frantic :** *frénétique, forcené, fou, effréné.*
5. **to ensue** [in'sjuː] : *s'ensuivre ;* **in the ensuing years** : *au cours des années qui suivirent.*
6. **to summon :** *appeler, faire venir, convoquer, sommer, requérir, faire appel à ;* **to summon a witness** : *faire citer un témoin ;* **a summons** : (noter le « s ») *un appel, une citation à comparaître.*
7. **eagerly :** *passionnément, avidement ;* **eagerness** : *impatience ;* de **eager** : *passionné, impatient.*

Quand il revint, il trouva l'étrangère étendue sur le lit. Elle avait un bras passé par-dessus la tête, qui dépassait du bord du lit. Il lui adressa la parole, mais ne reçut point de réponse. Il s'avança alors pour la réveiller, ayant pensé que sa position devait être inconfortable. Mais quand il lui prit la main, il découvrit que celle-ci était froide comme du marbre. Son pouls ne battait plus. Son visage était devenu pâle et horrible. En un mot, c'était un cadavre.

Horrifié et fiévreux, il partit donner l'alarme dans l'immeuble. Une scène de confusion s'ensuivit. On convoqua la police. Quand l'officier de police pénétra dans la pièce, il eut un mouvement de recul à la vue du corps.

— Grand Dieu ! s'écria-t-il. Comment cette femme est-elle arrivée ici ?

— Savez-vous quelque chose sur son compte ? demanda Wolfgang avidement.

— Plutôt, oui ! s'exclama l'officier. Elle a été guillotinée hier.

Il fit quelques pas et défit le ruban noir attaché autour du cou du cadavre, dont la tête libérée roula alors sur le plancher !

A cette vue, l'étudiant fut pris de terreur.

— Le démon ! Le démon a pris possession de moi ! s'écria-t-il. Je suis perdu pour toujours.

On essaya de le calmer, mais en vain. Il était sous l'emprise d'une horrible et intime conviction, croyant fermement qu'un esprit malin avait réanimé le cadavre de l'étrangère pour l'attirer dans un piège. On l'emmena, l'esprit dérangé, et il mourut dans un asile d'aliénés.

---

8. **frenzy :** *frénésie, folie ;* **frenzied** : *affolé, forcené* (plus fort que **frantic** ou **frenetic**).
9. **fiend** [fi:nd] : *démon, diable, monstre ;* **fiendish** : *diabolique, monstrueux.*
10. **to shriek :** *pousser un cri aigu, hurler ;* **a shriek** : *un cri aigu, perçant.*
11. **to soothe :** *calmer, apaiser* (l'esprit), *soulager* (une douleur) ; **soothing** : *calmant ;* mais **the sooth** : (archaïque) *la vérité,* d'où **soothsayer** : *devin.*
12. **frightful :** *effroyable, épouvantable* (plus fort que **fearful**) ; construit sur **fright** : *effroi, épouvante ;* **to frighten** : *faire peur.*
13. **madhouse :** on dirait aujourd'hui **lunatic asylum.**

Here the old gentleman with the haunted head finished his narrative[1].

"And is this really a fact[2]?" said the inquisitive[3] gentleman.

"A fact not to be doubted[4]," replied the other. "I had it from the best authority. The student told it me[5] himself. I saw him in a madhouse in Paris."

---

1. **narrative :** 1) (ici) *récit, narration ;* 2) (par extension) *l'art de la narration ;* **narrator** : *narrateur ;* **to narrate** : *narrer, raconter.*
2. **a fact :** cf. **I know it for a fact that,** *je sais de manière certaine que...*
3. **inquisitive :** *curieux, questionneur ;* **inquisition** : *enquête, recherche* (un terme plus courant est **inquiry** (U.S.) ou **enquiry** (G.B.).
4. **to doubt :** *douter* ▲ la prononciation : le « b » n'est pas prononcé [daut]. De même dans **doubtless** et **undoubtedly,** *indéniablement.*
5. **told it me :** on dirait aujourd'hui **told it to me.**

Ici, le vieux monsieur au visage hagard conclut son récit.

— Et tout cela s'est-il réellement passé ? demanda le monsieur curieux.

— Indubitablement, répliqua l'autre. J'ai appris cette histoire de la meilleure source qui soit. C'est l'étudiant lui-même qui me la raconta, quand je le vis dans son asile parisien.

EDGAR ALLAN POE

The Facts in the Case of M. Valdemar

Les faits dans l'affaire de M. Valdemar

Edgar Allan Poe (1809-1849) est sans doute l'un des écrivains américains les plus connus. De son vivant, il dut cependant attendre la publication de *The Gold Bug* en 1843, et celle d'un important recueil de ses poèmes en 1845, pour toucher son public, et obtenir ainsi la reconnaissance qu'il méritait.

Victime de son alcoolisme et de sa passion du jeu, Poe passa la majorité de son existence à changer d'emploi, trouvant le plus souvent des postes de rédacteur de revues littéraires, de critique ou de journaliste. En 1849, après un second mariage, vieilli prématurément et usé par l'alcool, Poe disparaît. On le retrouve six jours plus tard, inconscient, dans les rues de Baltimore, où il mourut, peu après, d'une crise de delirium.

Poète, journaliste, romancier, critique, nouvelliste, Edgar Poe eut sur le monde littéraire une influence immense : de prestigieuses figures littéraires, Baudelaire, Jules Verne, H.P. Lovecraft, Hugo Gernsback, le père de la science-fiction moderne, Ray Bradbury et Paul Valéry avoueront leur dette envers lui. Poe est l'un des créateurs du roman policier moderne, avec le personnage du détective C. Auguste Dupin, et l'auteur de nouvelles fantastiques et de science-fiction, anticipant et définissant tous les thèmes désormais classiques du genre : civilisations disparues, mondes perdus, vie après la mort, sciences maudites, autres dimensions, voyages dans l'espace, terre creuse, utopies ou dystopies futures, extinction de la race humaine, etc.

Of course I shall not pretend to consider it any matter for wonder[1], that the extraordinary case of M. Valdemar has excited discussion. It would have been a miracle had it not — especially under the circumstances. Through the desire of all parties concerned, to keep the affair from the public, at least for the present, or until we had further opportunities for investigation — through our endeavors[2] to effect[3] this — a garbled[4] or exaggerated account made its way into society, and became the source of many unpleasant misrepresentations[5] ; and, very naturally, of a great deal of disbelief.

It is now rendered necessary[6] that I give the *facts* — as far as I comprehend them myself. They are, succintly, these :

My attention, for the last three years, had been repeatedly drawn to the subject of mesmerism[7] ; and, about nine months ago, it occurred to me[8], quite suddenly, that in the series of experiments[9] made hitherto[10], there had been a very remarkable and most unaccountable[11] omission : — no person had as yet been mesmerized in articulo mortis[12]. It remained to be seen[13], first, whether, in such condition, there existed in the patient any susceptibility[14] to the magnetic influence ; secondly, whether, if any existed, it was impaired[15] or increased by the condition ; thirdly, to what extent, or for how long a period, the encroachements[16] of Death might be arrested by the process.

---

1. **any matter for wonder :** *sujet d'étonnement, d'émerveillement, de surprise...*
2. **endeavors :** *efforts, tentatives* (G.B. : **endeavour**) ; to... : *tenter, essayer, s'efforcer de.*
3. **effect :** 1) (ici) *exaucer ;* 2) *réaliser, effectuer, exécuter.*
4. **garbled :** *déformé, erroné, mensonger, embrouillé.*
5. **misrepresentation :** *représentation de faits erronée* ou *mensongère* (juridique).
6. **rendered necessary that I give :** m.à.m. : *rendu nécessaire que je donne.* N.B. : **give** est ici un subjonctif (= **I should give**) ; dans un anglais plus « parlé », on aurait dit : **It has now become necessary for me to give...**
7. **mesmerism :** *hypnotisme.* Franz Mesmer (1734-1815), médecin autrichien, inventeur de cette technique.
8. **it occurred to me :** *il me vint à l'esprit ;* **to occur** : *se*

Naturellement, je ne feindrai pas de m'étonner du fait que le cas extraordinaire de M. Valdemar ait excité les conversations. Le contraire eût été un miracle surtout vu les circonstances. À cause du désir de toutes les personnes concernées de garder le secret sur cette affaire, du moins pour le moment, ou jusqu'à ce que nous puissions aller plus loin dans la recherche — et à cause de nos efforts pour exaucer ce désir — une version déformée ou exagérée des faits s'est répandue parmi le public, et est devenue la source de plusieurs affirmations erronées et déplaisantes ; et, tout naturellement, d'une bonne dose d'incrédulité.

Il est maintenant devenu nécessaire que je présente les *faits*... dans la mesure où je les ai compris moi-même. Ils se déroulèrent, succinctement, comme suit :

Mon attention, durant ces trois dernières années, s'était portée à plusieurs reprises sur le sujet du mesmérisme ; et, il y a environ neuf mois, il me vint soudainement à l'esprit que parmi la série des expériences réalisées jusqu'alors, il y avait une omission particulièrement incroyable et surtout inexplicable : personne n'avait encore été mesmérisé *in articulo mortis*. Il restait à déterminer, premièrement, si dans un tel état, il existait chez le patient une quelconque réceptivité à l'influence magnétique ; deuxièmement, dans le cas où celle-ci existerait, si elle serait affaiblie ou augmentée par cet état ; troisièmement, dans quelle mesure, et pour combien de temps, l'intrusion de la mort pouvait être arrêtée par le procédé.

---

produire, survenir ; N.B. : il y a deux « r » dans **occurred** et **occurring**.

9. **experiment :** *expérience* (scientifique), *essai, expérimentation ;* **experience** : *expérience acquise, chose vécue.*
10. **hitherto :** *jusqu'à présent, jusqu'alors, jusqu'ici.*
11. **unaccountable :** *inexplicable, étrange, mystérieux.*
12. **in articulo mortis :** (latin) *à l'article de la mort.*
13. **it remains to be seen :** *il reste à voir, à savoir, à déterminer.*
14. **susceptibility :** *réceptivité, susceptibilité, prédisposition.*
15. **impaired :** *affaiblie, diminuée, altérée, abîmée.*
16. **encroachement :** *intrusion, usurpation, invasion.*

There were other points to be ascertained [1], but these most excited my curiosity — the last in especial [2], from the immensely important character of its consequences.

In looking around me for some subject by whose means [3] I might test these particulars [4], I was brought to think [5] of my friend, M. Ernest Valdemar, the well-known compiler of the "Bibliotheca Forensica," and the author (under the nom de plume [6] of Issachar Marx) of the Polish version of "Wallenstein" and "Gargantua". M. Valdemar, who had resided principally at Harlem, N.Y. [7], since the year 1839, is (or was) particularly noticeable for the extreme spareness [8] of his person — his lower limbs much resembling those of John Randolph [9] ; and, also, for the whiteness of his whiskers [10], in violent contrast to the blackness of his hair — the latter, in consequence, being generally mistaken for a wig [11]. His temperament was markedly nervous, and rendered him a good subject for mesmeric experiment. On two or three occasions I had put him to sleep with little difficulty, but was disappointed in other results which his peculiar [12] constitution had naturally led me to anticipate. His will was at no period positively, or thoroughly, under my control, and in regard to clairvoyance [13], I could accomplish with him nothing to be relied upon [14]. I always attributed my failure [15] at these points to the disordered [16] state of his health.

---

1. **to ascertain :** 1) (ici) *éclairer ;* 2) *constater, s'informer, contrôler* (des faits).
2. **in especial :** (archaïque) syn. **especially** : *tout spécialement.*
3. **by whose means :** m. à m. : *par le moyen duquel ;* **means** : *moyens, ressources* (**the end justifies the means** : *la fin justifie les moyens*). N.B. : ▲ singulier : **a means.**
4. **particulars :** *points particuliers, détails, renseignements précis* (**to give full particulars** : *donner tous les détails*).
5. **to think of sb, sth :** *penser à qqn, qqch ;* (= **to think about sb, sth**).
6. **nom de plume :** (en français dans le texte) ; on dit aussi **pen-name** ; en français : *pseudonyme.*
7. **Harlem, New York :** à l'époque de Poë, quartier résidentiel à la mode. L'afflux de population noire commença vers 1910.

Il y avait d'autres points à éclaircir, mais c'étaient ceux-là mêmes qui excitaient le plus ma curiosité... le dernier particulièrement, à cause de l'importance considérable que revêtaient ses conséquences.

En cherchant autour de moi un sujet, grâce auquel je pourrais tester ces points particuliers, je fus amené à penser à mon ami, M. Ernest Valdemar, compilateur réputé de la « Bibliotheca Forensica », et auteur (sous le pseudonyme d'Issachar Marx) des versions polonaises de « Wallenstein » et de « Gargantua ». M. Valdemar, qui résidait principalement à Harlem, New York, depuis 1839, est (ou était) facilement reconnaissable à l'extrême fragilité de sa personne — ses membres inférieurs ressemblaient beaucoup à ceux de John Randolph —, ainsi qu'à la blancheur de ses favoris, qui contrastait violemment avec la noirceur de ses cheveux — ces derniers étant de ce fait souvent pris pour une perruque. Son tempérament extrêmement nerveux faisait de lui un bon sujet pour des expériences mesmériques. A deux ou trois occasions, je l'avais endormi sans grande difficulté, mais avais été décu par l'absence d'autres résultats, que sa constitution particulière m'avait naturellement conduit à espérer. Sa volonté n'avait été à aucun moment réellement, ou complètement, sous mon contrôle, et pour ce qui était de la *voyance*, je n'avais jamais pu arriver à quoi que ce soit de tangible avec lui. J'attribuais toujours mon échec en ce domaine à l'état délabré de sa santé.

---

8. **spareness :** *maigreur, fragilité, frugalité.*
9. **John Randolph :** politicien américain (1773-1833), adversaire de la politique fédéraliste des gouvernements des présidents Jefferson et Jackson.
10. **whiskers :** *favoris ;* pour un animal (un chat, par exemple) : *moustache(s).*
11. **wig :** *perruque ;* le nom moderne désignant *un postiche* serait **hair-piece**.
12. **peculiar :** *particulier, étrange, excentrique...*
13. **clairvoyance :** *don de voyance, divination* (**a clairvoyant** : *une voyante*).
14. **to be relied upon :** littéralement : *sur lequel on puisse compter, se fonder.*
15. **failure :** *échec ;* **to fail** : *échouer ; ne pas se produire.*
16. **disordered :** *désordonné, délabré, dérangé, confus.*

For some months previous to my becoming acquainted[1] with him, his physicians[2] had declared him in a confirmed phthisis[3]. It was his custom[4], indeed to speak calmly[5] of his approaching dissolution[6], as of a matter neither to be avoided nor regretted.

When the ideas to which I have alluded first occurred to me, it was of course very natural that I should think of M. Valdemar. I knew the steady philosophy of the man too well to apprehend[7] any scruples from *him* ; and he had no relatives[8] in America who would be likely to interfere[9]. I spoke to him frankly upon the subject ; and, to my surprise, his interest seemed vividly excited. I say to my surprise, for, although he had always yielded[10] his person freely to my experiments, he had never before given me any tokens[11] of sympathy with what I did. His disease[12] was of that character which would admit of exact calculation in respect to the epoch[13] of its termination[14] in death ; and it was finally arranged between us that he would send for me[15] about twenty-four hours before the period announced by his physicians as that of his decease[16].

It is now rather more than seven months since I received, from M. Valdemar himself, the subjoined note :

"My Dear P... : You may as well come *now*. D... and F... are agreed that I cannot hold out[17] beyond to-morrow midnight ; and I think they have hit the time[18] very nearly. VALDEMAR."

---

1. **to become acquainted with sb :** *faire la connaissance de qqn, rencontrer.*
2. **physician :** *docteur* ; (*physicien* = **physicist**).
3. **phthisis :** *phtisie ;* forme de tuberculose.
4. **custom :** 1) (ici) *habitude, coutume, usage ;* 2) *clientèle, patronage ;* 3) **customs** : *douanes.*
5. **calmly :** le premier « l » n'est pas prononcé ['ka:mli].
6. **dissolution :** 1) (ici) *mort, fin ;* 2) *dissolution.*
7. **to apprehend :** 1) (ici) *craindre, appréhender ;* 2) *comprendre ;* 3) *arrêter.*
8. **relatives :** *parents, famille.*
9. **to interfere :** *s'ingérer, s'immiscer.* Aussi : *interférer, perturber, brouiller* (un signal radio), etc.

En effet, plusieurs mois avant que je fasse sa connaissance, ses médecins l'avaient déclaré atteint de phtisie confirmée. Il avait, de fait, l'habitude de parler calmement de sa fin prochaine, comme d'une chose qui ne pouvait être ni évitée, ni regrettée.

Quand les idées que je viens d'évoquer me vinrent pour la première fois à l'esprit, ce fut tout naturellement que je pensai à M. Valdemar. Je connaissais trop bien la force de sa philosophie pour avoir à craindre des scrupules d'un homme *tel que lui* ; de plus, il n'avait pas de famille en Amérique qui aurait pu être susceptible d'ingérence. Je lui parlai franchement du projet ; et, à ma surprise, cela parut vivement piquer sa curiosité. Je dis à ma surprise, car, bien qu'il ait toujours librement prêté sa personne à mes expériences, il n'avait auparavant jamais manifesté une quelconque sympathie envers celles-ci. Sa maladie était du genre qui permettait un calcul exact du moment de sa mortelle conclusion ; et il fut finalement entendu entre nous qu'il m'enverrait chercher environ vingt-quatre heures avant l'heure prévue par ses docteurs comme étant celle de son décès.

Cela fait maintenant sensiblement plus de sept mois, depuis que j'ai reçu, de M. Valdemar lui-même, le mot ci-dessous :

« Mon Cher P... : Vous feriez aussi bien de venir *tout de suite*. D... et F... sont d'accord pour dire que je ne saurais durer après demain minuit ; et je pense qu'ils ont déterminé l'heure avec quelque précision. VALDEMAR. »

---

10. **to yield :** 1) (ici) *prêter sa personne, présenter, offrir, donner ;* 2) *céder, se rendre, se soumettre ;* 3) *produire, rapporter.*
11. **token :** 1) (ici) *marque, signe, témoignage ;* 2)*jeton* (ex. : jeton de métro à New York).
12. **disease :** *maladie ;* ▲ la prononciation [di'zi:z].
13. **epoch :** (archaïque) *moment, époque, âge.*
14. **termination :** *conclusion, fin, résolution, terminaison.*
15. **to send for sb :** *envoyer chercher qqn, faire venir.*
16. **decease :** *décès ;* ▲ la prononciation [di'si:s].
17. **to hold out :** 1) (ici) *résister, durer ;* 2) *offrir.*
18. **to hit the time :** *déterminer l'heure.*

I received this note within half an hour after it was written, and in fifteen minutes more I was in the dying man's chamber. I had not seen him for ten days, and was appalled[1] by the fearful[2] alteration which the brief interval had wrought[3] in him. His face wore a leaden hue[4]; the eyes were utterly[5] lustreless; and the emaciation was so extreme, that the skin had been broken through by the cheek-bones[6]. His expectoration was excessive. The pulse was barely perceptible. He retained, nevertheless, in a very remarkable manner, both his mental power and a certain degree of physical strength[7]. He spoke with distinctness — took some palliative medicines without aid — and, when I entered the room, was occupied in penciling memoranda in a pocket-book[8]. He was propped up[9] in the bed by pillows. Doctors D... and F... were in attendance[10].

After pressing[11] Valdemar's hand, I took these gentlemen aside, and obtained from them a minute[12] account of the patient's condition. The left lung had been for eighteen months[13] in a semi-osseous or cartilaginous state, and was, of course, entirely useless for all purposes[14] of vitality. The right, in its upper portion, was also partially, if not thoroughly, ossified, while the lower region was merely[15] a mass of purulent tubercles, running into one another. Several extensive[16] perforations existed; and, at one point, permanent adhesion to the ribs had taken place.

---

1. **appalled :** *épouvanté, effrayé, consterné.*
2. **fearful :** *effrayant, affreux, effroyable.*
3. **wrought :** *opéré ;* ancien part. passé de **to work**, employé dans le sens de *« travaillé »*, *« façonné »*, *« ouvragé »* (**wrought iron** : *fer forgé*).
4. **wore a leaden hue :** **to wear, I wore, worn** : *porter ;* **lead** [led] : *plomb ;* **hue** : *teinte, couleur, coloration.*
5. **utterly :** *absolument, complètement* (**utter** : *complet, absolu)* ; **utter surprise** : *surprise absolue.*
6. **cheek-bones :** *pommettes* (**cheek** : *joue ;* **bone** : *os*).
7. **strength :** *force ;* **strong** : *fort ;* **to strengthen** : *renforcer* ; cf. **length, long, to lengthen** *(allonger).*
8. **pocket-book :** 1) (ici) *agenda de poche ;* 2) *portefeuille, sac à main.*
9. **to be propped up :** *être soutenu, supporté ;* **a prop** : *un*

J'eus ce mot une demi-heure après qu'il eut été rédigé, et quinze minutes plus tard j'étais dans la chambre du mourant. Je ne l'avais pas vu depuis dix jours, et fus épouvanté par l'effrayant changement que ce bref intervalle de temps avait opéré en lui. Son visage était d'une couleur de plomb ; ses yeux étaient absolument sans éclat ; son état d'émaciation était si prononcé que ses pommettes avaient percé la peau de ses joues. Son expectoration était démesurée. Son pouls était à peine perceptible. Il avait conservé, cependant, de façon remarquable, à la fois toutes ses facultés et un certain degré de force physique. Il s'exprimait distinctement, prenait quelques remèdes palliatifs sans l'aide de quiconque et, quand je pénétrai dans la pièce, était occupé à crayonner des notes sur un agenda de poche. Il était dans son lit, soutenu par des oreillers. Les docteurs D... et F... lui prodiguaient des soins.

Après avoir serré la main de Valdemar, je pris ces messieurs à part, et obtins d'eux un compte rendu détaillé de l'état du patient. Le poumon gauche avait atteint depuis dix-huit mois un état semi-osseux ou cartilagineux, et ne jouait naturellement plus aucun rôle dans les fonctions vitales. Le droit, dans sa partie supérieure, était aussi partiellement, sinon complètement, ossifié, tandis que sa partie inférieure était réduite à une masse de tubercules purulents, qui se heurtaient les uns les autres. Plusieurs larges perforations existaient ; et, à un certain endroit, une adhérence permanente aux côtes s'était développée.

---

appui, un soutien, un support (aussi *un accessoire de theâtre*) ; **to prop up** : *soutenir, étayer.*

10. **attendance :** 1) (ici) *soins, service ;* 2) *présence, assistance ;* N.B. : **to attend sth** : *assister à qqch ;* mais **to attend to sth** : *s'occuper de qqch.*

11. **pressing :** indique une émotion que **shaking (somebody's hand** : *serrer la main*) ne suggérerait pas.

12. **minute** ⚠ [mai'nju:t] : *minuscule, minutieux, détaillé.*

13. **had been for eighteen months :** *était depuis dix-huit mois ;* notez l'emploi obligatoire du plus-que-parfait en anglais.

14. **purpose :** *but, dessein, intention.*

15. **merely :** *purement, simplement ;* formé sur l'adjectif **mere** : *pur, simple, seul.*

16. **extensive :** *large, considérable ;* **to have travel(l)ed extensively** : *avoir beaucoup voyagé.*

These appearances [1] in the right lobe were of comparatively recent date. The ossification had proceeded [2] with very unusual rapidity ; no sign of it had been discovered a month before, and the adhesion had only been observed during the three previous days. Independently of the phthisis, the patient was suspected of aneurism of the aorta [3] ; but on this point the osseous symptoms rendered an exact diagnostic impossible. It was the opinion of both physicians that M. Valdemar would die about midnight on the morrow [4] (Sunday). It was then seven o'clock on Saturday evening.

On quitting the invalid's bed-side to hold conversation [5] with myself, Doctors... D... and F... had bidden him a final farewell [6]. It had not been their intention to return ; but, at my request, they agreed to look in upon [7] the patient about ten the next night.

When they had gone, I spoke freely with M. Valdemar on the subject of his approaching dissolution, as well as, more particularly, of the experiment proposed. He still professed [8] himself quite willing and even anxious to have it made [9], and urged [10] me to commence it at once. A male and female nurse [11] were in attendance ; but I did not feel myself altogether [12] at liberty to engage in a task [13] of this character with no more reliable witnesses [14] than these people, in case of sudden accident, might prove [15].

---

1. **appearance :** 1) (ici) *symptômes ;* 2) *apparition, entrée ; apparence, aspect.*
2. **to proceed :** 1) (ici) *se développer ;* 2) *continuer, poursuivre.*
3. **aneurism of the aorta :** *anévrisme de l'aorte ;* dilatation anormale de l'aorte (artère).
4. **on the morrow :** (littéraire) *le lendemain ;* en anglais usuel : **(on) the following day, (on) the day after.**
5. **to hold conversation :** *s'entretenir, avoir une conversation ;* en anglais usuel : **to have a long talk with sb** : *avoir une longue conversation avec qqn.*
6. **to bid farewell :** *dire adieu, au revoir.*
7. **look in upon :** *visiter, passer voir.*
8. **to profess :** 1) (ici) *se déclarer ;* 2) *professer, enseigner, prétendre, faire profession de foi.*

Ces formations dans le lobe droit étaient comparativement récentes. L'ossification s'était propagée avec une rapidité extrêmement inhabituelle. Il n'y en avait aucune trace un mois auparavant, et on avait seulement remarqué l'adhérence ces trois derniers jours. Indépendamment de sa phtisie, on suspectait le patient d'avoir un anévrisme de l'aorte ; mais l'ossification rendait un diagnostic exact impossible sur ce point. L'opinion des deux docteurs était que M. Valdemar mourrait vers minuit le lendemain (dimanche). On était alors le samedi soir, vers sept heures.

Quand ils avaient quitté le lit du malade pour s'entretenir avec moi, les docteurs D... et F... lui avaient fait leurs derniers adieux. Il n'entrait pas dans leur intention de revenir ; mais, à ma demande, ils acceptèrent de visiter le patient vers dix heures la nuit suivante.

Après qu'ils furent partis, je m'entretins librement avec M. Valdemar du sujet de sa fin prochaine, et plus particulièrement de l'expérience proposée. Il se déclara encore une fois tout à fait désireux et même impatient d'y participer, et m'exhorta à commencer tout de suite. Un infirmier et une infirmière étaient présents ; mais je ne me sentis pas tout à fait libre de procéder à une tâche de cette importance avec comme seuls témoins des gens dont la compétence, en cas d'accident soudain, pouvait se révéler douteuse.

---

9. **to have it made :** m. à m. : *qu'elle* (l'expérience) *ait lieu ;* **to make an experiment** : *faire une expérience.*
10. **to urge :** *encourager, exciter, insister, préconiser.*
11. **nurse :** *infirmier, infirmière ;* **to nurse** : *soigner* (un malade).
12. **altogether :** *entièrement, tout à fait.*
13. **to engage in a task :** *se livrer à un travail, se lancer, s'engager dans une tâche.*
14. **reliable witness :** *témoins dignes de foi ;* **reliable** : *fiable, à qui on peut faire confiance.*
15. **might prove :** **prove** renvoie à **reliable** ; m. à m. : *m'engager dans une tâche de cette nature avec des témoins pas plus fiables que ces personnes, en cas d'accident soudain, pourrait se révéler...*

I therefore postponed[1] operations until about eight the next night, when the arrival of a medical student with whom I had some acquaintance[2] (Mr. Theodore L...l), relieved me from farther embarassment[3]. It had been my design[4], originally, to wait for the physicians ; but I was induced to proceed, first, by the urgent entreaties[5] of M. Valdemar, and secondly, by my conviction that I had not a moment to lose[6], as he was evidently sinking[7] fast.

Mr. L...l was so kind as to accede to my desire that he would take notes of all that occurred ; and it is from his memoranda that what I now have to relate is, for the most part, either condensed or copied verbatim[8].

It wanted about five minutes of eight[9] when, taking the patient's hand, I begged[10] him to state[11], as distinctly as he could, to Mr. L...l, whether he (M. Valdemar) was entirely willing that I should make the experiment of mesmerizing[12] him in his then[13] condition.

He replied feebly[14], yet[15] quite audibly :

"Yes, I wish to be mesmerized" — adding immediately afterwards : "I fear you have deferred[16] it too long."

While he spoke thus[17], I commenced the passes[18] which I had already found most effectual in subduing[19] him.

---

1. **to postpone :** *retarder, remettre, ajourner.*
2. **acquaintance :** *relation, connaissance.*
3. **relieved me from farther embarrassment :** *me tira d'embarras* (farther : (sous-entendu) *plus avant*) ; **to relieve :** *soulager, alléger, secourir, assister.*
4. **design :** *plan, projet, intentions ;* **to design :** *concevoir* (un plan).
5. **entreaties :** *exhortations, instances, prières.*
6. **to lose (I lost, lost) :** *perdre.* Ne pas confondre avec le nom **loss** : *perte,* l'adjectif **loose** : *relâché* [lu:s], et le verbe **to loosen** : *desserrer* ['lu:sen] ; **a loser** : *un perdant.*
7. **to sink (I sank, sunk) :** *couler, sombrer.*
8. **verbatim :** (latin) *mot pour mot, textuellement.*
9. **it wanted about five minutes of eight :** *il était presque huit heures moins cinq ;* (U.S.) **it was about five minutes of eight** ; (G.B.) **it was about five minutes to eight.**

En conséquence, j'ajournai les opérations jusqu'à la nuit suivante, vers huit heures, quand l'arrivée d'un étudiant en médecine que je connaissais un peu (M. Théodore L...l) me tira d'embarras. Mon intention avait été originellement d'attendre les docteurs ; mais je fus amené à commencer, d'abord par les vives exhortations de M. Valdemar, et ensuite, par ma propre conviction que je n'avais pas un moment à perdre, car il était de toute évidence en train de sombrer rapidement.

M. L...l accéda généreusement à ma requête de prendre en note tout ce qui surviendrait ; et c'est à partir de ces notes que ce que je vais maintenant rapporter est principalement soit résumé soit copié mot pour mot.

Il était presque huit heures moins cinq quand, prenant la main du patient, je le priai de déclarer, aussi distinctement que possible, à M. L...l qu'il (M. Valdemar) était entièrement consentant à ce que je réalise l'expérience de le mesmériser dans son état présent.

Il répliqua faiblement, mais de façon tout à fait audible :

— Oui, je veux être mesmérisé ; ajoutant tout de suite après : Je crains que vous n'ayez attendu trop longtemps.

Pendant qu'il prononçait ces mots, je commencai les passes que j'avais auparavant déterminées comme étant les plus efficaces pour l'hypnotiser.

---

10. **to beg :** 1) (ici) *prier, supplier, insister ;* 2) *mendier.*
11. **to state :** *déclarer, énoncer clairement, formuler.*
12. **to mesmerize :** *hypnotiser, mesmériser.*
13. **then :** 1) *d'alors ;* 2) *puis, ensuite.*
14. **feebly :** *faiblement* (= **weakly,** en plus impuissant et pitoyable).
15. **yet :** *cependant, pourtant.*
16. **to defer :** 1) (ici) *retarder, reculer, ajourner ;* 2) *déférer, se soumettre.*
17. **thus :** *ainsi, de cette façon, de cette manière.*
18. **passes :** *passes magnétiques,* mouvements des mains servant à plonger le sujet dans l'état d'hypnose.
19. **to subdue :** *subjuguer, dominer,* (ici) *hypnotiser.*

He was evidently influenced with the first lateral stroke[1] of my hand across his forehead[2] ; but, although I exerted[3] all my powers, no farther perceptible effect was induced until some minutes after ten o'clock, when Doctors D... and F... called, according to appointment[4]. I explained to them, in a few words, what I designed[5], and as they opposed no objection, saying that the patient was already in the death agony[6], I proceeded without hesitation — exchanging, however, the lateral passes for downward ones, and directing my gaze[7] entirely into the right eye of the sufferer.

By this time his pulse was imperceptible and his breathing was stertorous[8], and at intervals of half a minute.

This condition was nearly unaltered[9] for a quarter of an hour. At the expiration of this period, however, a natural although a very deep sigh[10] escaped the bosom[11] of the dying man, and the stertorous breathing ceased[12] — that is to say, its stertorousness was no longer apparent ; the intervals were undiminished. The patient's extremities were of an icy coldness[13].

At five minutes before eleven, I perceived unequivocal[14] signs of the mesmeric influence. The glassy roll of the eye[15] was changed for that expression of uneasy[16] inward[17] examination which is never seen except in cases of sleep-walking[18], and which is quite impossible to mistake.

---

1. **stroke :** *caresse, geste de passer la main sur qqch ;* **to stroke** : *caresser ;* **to strike** : *frapper.*
2. **forehead :** *front ;* ▲ la prononciation ['fɔrid].
3. **to exert :** *faire usage de, employer, déployer, exercer.*
4. **appointment :** 1) (ici) *rendez-vous ;* 2) *nomination* (à un poste) ; *appointements :* **salary.**
5. **to design :** 1) (ici) *avoir l'intention de faire, réaliser ;* 2) *créer, concevoir, dessiner.*
6. **death agony :** litt. *agonie mortelle,* par opposition à **agony of fear** *(peur atroce)* ou **agony of pain** *(douleurs atroces) ; être à l'agonie :* **to be in the throes of death.**
7. **gaze :** *regard fixe ;* **to gaze at** : *regarder fixement.*
8. **stertorous :** (médical) *sifflant, stertoreux.*
9. **unaltered :** *inchangé, identique.*

Il fut de toute évidence influencé par le premier passage latéral de ma main sur son front ; mais, bien que je fisse usage de tous mes pouvoirs, il ne se produisit aucun autre effet perceptible jusqu'à quelques minutes après dix heures, quand les docteurs D... et F... revinrent, conformément à leur rendez-vous. Je leur expliquai, en quelques mots, ce que j'avais l'intention de faire, et comme ils ne m'opposèrent aucune objection, disant que le patient était déjà entré en agonie, je continuai sans hésitation — remplaçant cependant les passes latérales par des passes verticales, et concentrant mon regard directement dans l'œil droit du patient.

Pendant ce temps, son pouls était devenu imperceptible et sa respiration sifflante, avec des intervalles d'une demi-minute entre chaque souffle.

Cet état resta pratiquement identique pendant un quart d'heure. A l'expiration de ce délai, pourtant, un soupir très profond bien que naturel s'échappa de la poitrine du mourant, et sa respiration sifflante s'arrêta — c'est-à-dire que les sifflements cessèrent de se manifester, ses intervalles conservant la même durée. Les extrémités du corps du patient étaient d'une froideur de glace.

A onze heures moins cinq, je perçus des signes certains de l'influence mesmérique. Le roulement vitreux des yeux fut remplacé par cette expression troublée d'examen *interne* qu'on ne rencontre que dans les cas de somnambulisme, et qu'il est pratiquement impossible de ne pas reconnaître.

---

10. **deep sigh :** *soupir profond ;* m. à m. : *un soupir naturel bien que très profond ;* **to sigh** : *soupirer.*
11. **bosom :** *poitrine* (mot noble) ; le terme usuel est **chest**.
12. **to cease :** *cesser ;* ⚠ la prononciation [si:s].
13. **icy coldness :** *froideur de glace* (**ice** : *glace*) ; distinguer **the cold** : *le froid,* de **coldness** : *la froideur.*
14. **unequivocal** : *certain, sans équivoque* ou *ambiguïté, net.*
15. **glassy roll of the eye :** le singulier **(eye)** est utilisé ici pour décrire un symptôme typique ; **glass** : *verre,* **glassy** : *vitreux.*
16. **uneasy** : 1) (ici) *troublée ;* 2) *difficile.*
17. **inward :** *intérieur ;* **outward** : *extérieur ;* tous deux indiquent un mouvement.
18. **sleep-walking :** *somnambulisme ;* **a sleep-walker** : *un somnambule* (**sleep** : *sommeil ;* **to walk** : *marcher*).

With a few rapid lateral passes I made the lids[1] quiver, as in incipient[2] sleep, and with a few more I closed them altogether. I was not satisfied, however, with this, but continued the manipulations vigorously, and with the fullest exertion[3] of the will, until I had completely stiffened[4] the limbs of the slumberer[5], after placing them in a seemingly easy position. The legs were at full length ; the arms were nearly so, and reposed[6] on the bed at a moderate distance from the loins[7]. The head was very slightly elevated.

When I had accomplished this, it was fully midnight, and I requested the gentlemen present to examine[8] M. Valdemar's condition. After a few experiments, they admitted him to be in an unusually perfect state of mesmeric trance. The curiosity of both pysicians was greatly excited. Dr. D... resolved[9] at once to remain with the patient all night, while Dr. F... took leave with a promise[10] to return to daybreak[11]. Mr. L...l and the nurses remained.

We left M. Valdemar entirely undisturbed[12] until about three o'clock in the morning, when I approached him[13] and found him in precisely the same condition as when Dr. F... went away — that is to say, he lay[14] in the same position ; the pulse was imperceptible ; the breathing[15] was gentle[16] (scarcely[17] noticeable, unless through the application of a mirror to the lips[18]) ; the eyes were closed naturally ; and the limbs[19] were as rigid and as cold as marble.

---

1. **lid :** 1) (ici) *paupière* (aussi **eyelid**) ; 2) *couvercle.*
2. **incipient :** *naissant, débutant.*
3. **exertion :** *effort, exercice d'une faculté.*
4. **to stiffen :** *(se) raidir, (se) durcir, rendre rigide.*
5. **slumberer :** *dormeur* (**sleep** : *sommeil ;* **slumber** : *profond sommeil ;* **to slumber** : *dormir profondément*).
6. **reposed :** (archaïque ou littéraire) ; un terme plus usuel serait **rested (to rest)** ou **lay (to lie).**
7. **loins :** *les reins,* partie extérieure du corps autour des reins et de la taille ; *reins* (organe) : **kidneys.**
8. **to examine :** ▲ la prononciation [eg'zamin].
9. **to resolve :** 1) (ici) *décider, se résoudre à ;* 2) *adopter* (une décision), *passer* (une résolution) ; 3) *résoudre.*
10. **promise :** (nom ou verbe) se prononce ['prɔmis].

A l'aide de quelques passes laterales rapides, je fis frissonner les lèvres, comme au début du sommeil, et après quelques passes de plus, je les fermai complètement. Je ne me contentai cependant pas de ce résultat, mais continuai mes manipulations avec vigueur, et avec le plus grand effort de volonté, jusqu'à ce que j'eusse complètement raidi les membres du dormeur, après les avoir disposés dans une position d'apparence naturelle. Les jambes étaient allongées de tout leur long, et les bras presque de même. Ceux-ci reposaient sur le lit à une distance modérée des flancs. La tête était très légèrement surélevée.

Après avoir accompli cela, il était minuit passé, et je demandai aux messieurs présents d'examiner l'état de M. Valdemar. Après quelques expériences, ils admirent qu'il était dans un état inhabituellement parfait de transe mesmérique. La curiosité des deux docteurs était considérablement excitée. Le docteur D... décida sur le chef de rester avec le patient toute la nuit, tandis que le docteur F... s'en alla avec la promesse de revenir à l'aube. M. L...l et les infirmiers restèrent.

Nous laissâmes M. Valdemar totalement tranquille jusqu'à trois heures du matin, heure à laquelle je m'approchai de lui et le trouvai précisément dans le même état que quand le docteur F... était parti — c'est-à-dire qu'il était étendu dans la même position qu'auparavant ; son pouls était imperceptible ; sa respiration calme (à peine décelable, sauf par l'application d'un miroir à ses lèvres) ; ses yeux étaient naturellement fermés ; et ses membres étaient aussi rigides et froids que du marbre.

---

11. **daybreak :** *aube* (syn. : **dawn**) ; *lever de soleil :* **sunrise.**
12. **undisturbed :** *tranquille, calme* (**to disturb** : *déranger*).
13. **approached him :** notez la construction directe.
14. **lay :** prétérit de **to lie, I lay, lain** : *être étendu, couché ;* ne pas confondre avec **to lie, I lied, lied** : *mentir ;* **to lay, I laid, laid** : *poser, étendre.*
15. **to breathe :** *respirer ;* **breath** : *respiration, haleine.*
16. **gentle :** *doux, gentil, calme.*
17. **scarcely :** *à peine, guère* (**scarce** : *rare*) ; syn. : **hardly.**
18. **the lips :** l'article "**the**" est utilisé pour décrire des symptômes cliniques ; on dirait autrement **his pulse,** etc.
19. **limb :** le « b » n'est pas prononcé [lim]. (cf. : **lamb** [lam] : *agneau*).

Still, the general appearance was certainly not that of death.

As I approached M. Valdemar I made a kind of half effort to influence his right arm into pursuit of my own, as I passed the latter gently to and fro[1] above his person. In such experiments with the patient, I had never perfectly succeeded[2] before, and assuredly[3] I had little thought[4] of succeeding now; but to my astonishment[5], his arm very readily, although feebly, followed every direction I assigned it with mine. I determined to hazard[6] a few words of conversation.

"M. Valdemar," I said, "are you asleep ?"

He made no answer, but I perceived a tremor[7] about the lips, and was thus induced to repeat the question, again and again. At its third repetition, his whole frame[8] was agitated by a very slight[9] quivering; the eyelids unclosed themselves so far as to display[10] a white line of a ball[11]; the lips moved sluggishly[12], and from between them, in a barely audible whisper[13], issued[14] the words :

"Yes — asleep now. Do not wake[15] me ! — let me die so !"

I here felt the limbs, and found them as rigid as ever. The right arm, as before, obeyed[16] the direction of my hand. I questioned the sleep-walker again :

"Do you still feel pain in your breast, M. Valdemar ?"

---

1. **to and fro :** m. à m. : *comme je passais ce dernier doucement en allant et venant.* **To and fro** indique un mouvement de va-et-vient.
2. **to succeed :** 1) (ici) *réussir ;* 2) *succéder ;* ▲ construction : **to succeed in doing sth** *(réussir à faire qqch).*
3. **assuredly :** *assurément, sans aucun doute ;* cf. **admittedly** : *certes ;* **decidedly** : *décidément,* etc.
4. **I had little thought :** *je ne m'attendais pas, je n'espérais pas, je n'avais aucune idée que.*
5. **astonishment :** *grande surprise, stupéfaction ;* **to astonish** : *stupéfier.*
6. **to hazard :** *risquer, hasarder ;* **a hazard** : (nom) *un risque* (*un hasard :* **chance**).
7. **tremor :** *frisson, tremblement.*

Cependant, son apparence générale n'était certainement pas celle d'un mort.

En m'approchant de M. Valdemar, je tentai partiellement d'influencer son bras droit à suivre la direction du mien, que je balançai doucement en un mouvement de va-et-vient au-dessus de sa personne. Je n'avais jamais auparavant réussi parfaitement ce genre d'expérience avec le patient, et assurément je ne m'attendais pas à réussir maintenant ; mais à ma grande stupéfaction, son bras se mit à suivre le mien promptement, bien que faiblement, répétant chacun des mouvements que je lui ordonnais de faire. Je décidai alors de risquer quelques phrases de conversation.

— M. Valdemar, dis-je, dormez-vous ?

Il ne répondit point, mais je détectai un frémissement sur ses lèvres, et fus ainsi amené à répéter la même question plusieurs fois de suite. La troisième fois, son corps entier fut parcouru par un très léger tremblement ; ses paupières s'ouvrirent, révélant la ligne blanche des globes oculaires ; ses lèvres s'animèrent lentement, et laissèrent passer, en un murmure à peine audible, les mots suivants :

— Oui... je dors. Ne me réveillez pas !... Laissez-moi mourir ainsi !

A ce moment, je touchai ses membres, et les trouvai plus rigides que jamais. Le bras droit, comme auparavant, suivit la direction de ma main. Je questionnai de nouveau le somnambule :

— Ressèntez-vous encore une douleur dans la poitrine, M. Valdemar ?

---

8. **frame :** 1) (ici) *corps ;* 2) *structure, charpente ;* 3) *cadre* (d'un tableau).
9. **slight :** *léger, mince, ténu.*
10. **to display :** *révéler, montrer, exposer.*
11. **ball :** (ici) *globes oculaires* **(eyeball).**
12. **sluggishly :** *lentement, paresseusement ;* **sluggish :** *paresseux ;* **sluggishness** : *torpeur* (**a slug** : *une limace*).
13. **whisper :** (nom) *murmure ;* **to whisper :** *murmurer, chuchoter.*
14. **to issue :** *émettre, sortir ; provenir.*
15. **to wake :** *éveiller, réveiller ;* en anglais usuel, s'emploie avec la préposition **"up"** : **wake me up at six** *(réveillez-moi à six heures).*
16. **to obey :** *obéir ;* notez la construction directe en anglais : **to obey sb** *(obéir à qqn).*

The answer now was immediate, but even less audible than before :

"No pain — I am dying [1] !"

I did not think it advisable [2] to disturb him farther just then, and nothing more was said or done until the arrival of Dr. F..., who came a little before sunrise [3], and expressed unbounded [4] astonishment at [5] finding the patient still alive. After feeling the pulse and applying a mirror to the lips, he requested me to speak to the sleep-walker again. I did so, saying :

"M. Valdemar, do you still sleep ?"

As before, some minutes elapsed [6] ere [7] a reply [8] was made ; and during the interval the dying man seemed to be collecting [9] his energies [10] to speak. At my fourth repetition of the question, he said very faintly [11], almost inaudibly :

"Yes ; still asleep — dying."

It was now the opinion, or rather the wish, of the physicians, that M. Valdemar should be suffered [12] to remain undisturbed in his present apparently tranquil condition, until death should supervene [13] — and this, it was generally agreed, must [14] now take place within a few minutes. I concluded [15], however, to speak to him once more, and merely repeated my previous question.

While I spoke, there came a marked change over the countenance [16] of the sleep-walker.

---

1. **dying :** *mourant ;* **to die** : *mourir.*

2. **advisable :** *recommandable, conseillable ;* **to advise** : *conseiller* (verbe) (syn. **to give advice**) ; **advisor** : *conseiller* (personne) ; mais **advice** (avec un « c ») : *conseil* (syn. **a piece of advice**) ; ⚠ ce nom qui, comme **information** *(renseignements),* est un collectif singulier.

3. **sunrise :** *aube, lever de soleil ;* **sunset** : *coucher de soleil.*

4. **unbounded :** *sans limites* (**bounds** : *limites, bornes*).

5. **at :** cette préposition est souvent utilisée pour indiquer l'étonnement ; **to be surprised at sth** : *être surpris par qqch.*

6. **to elapse :** *passer, s'écouler.*

7. **ere :** (poétique) *avant ;* syn. **before.**

8. **to make a reply :** *donner une réponse ;* m. à m. *faire une réponse ;* **to reply** : *répondre* (notamment par écrit).

Sa réponse vint alors immédiatement, mais de façon encore moins audible que précédemment :

— Pas de douleur... Je me meurs !

Je ne crus pas souhaitable à ce moment précis de le déranger davantage, et rien d'autre ne fut dit ou fait jusqu'à l'arrivée du docteur F..., qui revint peu de temps avant l'aube, et exprima une surprise sans bornes quand il découvrit que le patient était encore vivant. Après avoir pris son pouls et appliqué un miroir à ses lèvres, il me demanda de m'adresser de nouveau au somnambule. Je m'exécutai, en ces termes :

— M. Valdemar, dormez-vous encore ?

Comme auparavant, plusieurs minutes passèrent avant qu'il ne me répondît. Pendant ce temps, le mourant parut rassembler toutes ses forces pour pouvoir s'exprimer. Après que j'eus répété ma question quatre fois, il dit très faiblement, de façon presque inaudible :

— Oui, je suis encore endormi... mourant.

L'opinion, ou plutôt le souhait des docteurs était maintenant que l'on ne fasse rien qui puisse venir troubler l'état présent, d'apparence calme, de M. Valdemar, jusqu'à ce que mort survienne, ce qui, de l'avis unanime, se produirait dans les quelques minutes à venir. Je décidai, cependant, de lui adresser une dernière fois la parole, et répétai simplement ma question précédente.

Pendant que je parlais, un changement prononcé se manifesta dans l'apparence du somnambule.

---

9. **to collect :** 1) (ici) *rassembler, réunir, recueillir, ramasser ;* 2) *collectionner.*
10. **energy** ['enadzi] : ▲ l'adjectif correspondant, **energetic** [enadzetik] : *énergique.*
11. **faintly :** *faiblement, mollement ;* formé à partir de l'adjectif **faint** : *vague, faible, léger.*
12. **to suffer sb to do sth :** *tolérer que qqn fasse qqch, laisser qqn faire qqch.*
13. **to supervene :** (littéraire) *survenir, se produire ;* syn. to take place, to occur, to **intervene**.
14. **must :** notez qu'il s'agit ici du prétérit.
15. **to conclude :** *décider, arriver à la conclusion que.*
16. **countenance :** *apparence, expression.*

The eyes rolled themselves slowly open, the pupils disappearing upwardly ; the skin generally assumed a cadaverous hue, resembling not so much parchment as white paper ; and the circular hectic spots [1] which, hitherto, had been strongly defined in the centre of each cheek, *went out* at once. I use this expression, because the suddenness of their departure put me in mind of [2] nothing so much as [3] the extinguishment [4] of a candle by a puff of the breath [5]. The upper lip, at the same time, writhed [6] itself away from the teeth, which it had previously covered completely ; while the lower jaw [7] fell with an audible jerk [8], leaving the mouth widely extended and disclosing [9] in full view the swollen [10] and blackened [11] tongue. I presume that no member of the party [12] then present had been unaccustomed [13] to death-bed horrors ; but so hideous beyond conception [14] was the appearance of M. Valdemar at this moment, that there was a general shrinking [15] back from the region of the bed.

I now feel that I have reached a point of this narrative at which every reader will be startled [16] into positive disbelief. It is my business, however, simply to proceed. There was no longer the faintest [17] sign of vitality in M. Valdemar ; and concluding him to be dead, we were consigning [18] him to the charge of the nurses, when a strong vibratory motion [19] was observable [20] in the tongue. This continued for perhaps a minute.

---

1. **hectic spots :** 1) (medical) *des tâches hectiques, ou de fièvre ;* 2) hectic : *agité, fébrile.*
2. **to put in mind of :** *rappeler, évoquer, suggérer ;* syn. to remind of.
3. **nothing so much as :** m. à m. : *rien autant que.*
4. **to extinguish :** *éteindre* (a fire extinguisher : *un extincteur*).
5. **a puff of the breath :** *un souffle d'air,* soufflé avec la bouche.
6. **to writhe :** *se tordre, se contorsionner.*
7. **jaw :** *la mâchoire ;* s'emploie souvent au pluriel **(jaws)** pour désigner la mâchoire des animaux.
8. **jerk :** *saccade, secousse.*
9. **to disclose :** *dévoiler, révéler, divulguer.*
10. **swollen :** *gonflée, bombée* (p.p. de **to swell**).

Ses yeux roulèrent et s'ouvrirent lentement, les pupilles disparaissant dans le haut des orbites ; sa peau revêtit une teinte totalement cadavéreuse, ressemblant moins à celle du parchemin qu'au papier blanc ; et les taches de fièvre rondes qui, auparavant, étaient clairement dessinées au milieu de ses joues, *disparurent* d'un coup. J'emploie cette expression car la nature soudaine de leur disparition me rappela l'extinction d'une chandelle par un souffle d'air. En même temps, sa lèvre supérieure se rétracta, découvrant les dents qu'elle avait auparavant complètement cachées, tandis que sa mâchoire inférieure tombait en une secousse audible, laissant sa bouche largement ouverte et dévoilant sa langue noire et gonflée à la vue de tous. Je suppose que toutes les personnes alors présentes étaient accoutumées aux horreurs qui accompagnent les lits de mort ; mais l'apparence de M. Valdemar à ce moment était si hideuse, défiant toute description, qu'il y eut un mouvement général de recul autour du lit.

Je crois que j'ai maintenant atteint l'endroit de mon récit où chaque lecteur sera saisi d'un sentiment d'incrédulité manifeste. C'est pourtant mon devoir de simplement continuer.

Il n'y avait plus le moindre signe de vitalité chez M. Valdemar ; et ayant conclu à sa mort, nous allions l'abandonner à la charge des infirmiers, quand nous remarquâmes un fort mouvement vibratoire de la langue. Celui-ci dura à peu près une minute.

---

11. **to blacken :** verbe formé sur **black** : *noir ;* cf. **to darken (dark)** ; **to redden (red).**
12. **party :** 1) (ici) *compagnie, groupe, bande ;* 2) *soirée ;* 3) *parti politique ;* 4) *partie.*
13. **unaccustomed :** *inhabitué, peu familier.*
14. **beyond conception :** *au-delà de l'imaginable.*
15. **to shrink (I shrank, shrunk) :** 1) *rétrécir, rapetisser ;* 2) (ici) *reculer ;* **a shrink** : (argot) *un psychanalyste.*
16. **to startle :** *surprendre, alarmer, saisir.*
17. **faintest :** *le plus faible, le moindre.*
18. **to consign :** 1) (ici) *remettre, confier ;* 2) *expédier.*
19. **motion :** 1) (ici) *mouvement* (**motion picture :** *film* (cinéma) ; **motionless** : *immobile ;* 2) *une motion* (juridique).
20. **observable :** ▲ la prononciation [ɔb'ze:vabl] ; de même, **to observe** [ɔb'zə:v] : *observer.*

At the expiration of this period, there issued from the distended and motionless jaws a voice — such as it would be madness[1] in me to attempt[2] describing. There are, indeed, two or three epithets[3] which might be considered as applicable to it in part ; I might say, for example, that the sound was harsh[4], and broken[5], and hollow[6] ; but the hideous whole[7] is indescribable, for the simple reason that no similar sounds have ever jarred[8] upon the ear of humanity. There were two particulars, nevertheless, which I thought then, and still think, might fairly be stated as characteristic of the intonation — as well adapted to convey[9] some idea of its unearthly[10] peculiarity. In the first place, the voice seemed to reach[11] our ears — at least mine — from a vast distance, or from some deep cavern within the earth. In the second place, it impressed[12] me (I fear, indeed, that it will be impossible to make myself comprehended[13]) as gelatinous or glutinous matters impress the sense of touch.

I have spoken both of "sound" and of "voice." I mean to say that the sound was one of distinct — of even wonderfully[14], thrillingly[15] distinct — syllabification. M. Valdemar *spoke* — obviously in reply to the question I had propounded[16] to him a few minutes before. I had asked him, it will be remembered, if he still slept. He now said :

"Yes ! — no ; — I *have been* sleeping — and now — now — *I am dead*."

---

1. **madness :** *folie ;* nom formé sur l'adjectif **mad :** *fou, folle ;* **a madman** : *un fou, un insensé.*
2. **to attempt :** *tenter, essayer ;* **an attempt** : *une tentative.*
3. **epithet :** *épithète, qualificatif.*
4. **harsh :** *dur, rude, strident, âpre, rauque.*
5. **to break (I broke, broken) :** *casser, briser.*
6. **hollow :** 1) *creux ;* 2) (ici) *caverneuse, sourde* (une voix) ; 3) (nom) *un vallon, une cuvette.*
7. **whole** [houl] : ▲ le « w » n'est pas prononcé ; même prononciation que **a hole** : *un trou.*
8. **to jar :** 1) *rendre un son discordant ;* 2) *détonner, choquer ;* 3) (nom) **a jar** : *un bocal.*
9. **to convey :** 1) (ici) *transmettre, suggérer une impression ;* 2) *transmettre, porter.*
10. **unearthly :** (littéralement) *qui n'est pas de ce monde*

C'est alors que, de ses mâchoires immobiles et dilatées, sortit une voix... telle qu'il serait folie de ma part de tenter de la décrire. Il y aurait, certes, deux ou trois adjectifs qui pourraient partiellement suffire à cette tâche. Je pourrais, par exemple, dire que le son de celle-ci était rauque, cassé, et creux ; mais l'exacte vérité est qu'elle était si hideuse qu'elle défiait toute description, pour la simple raison que jamais pareil son n'avait écorché les oreilles de l'homme. Cette voix avait cependant deux propriétés, que je croyais alors, et crois toujours, les plus appropriées à caractériser réellement son intonation — et en même temps les plus aptes à donner une idée de sa singulière nature d'outre-tombe. Tout d'abord, la voix semblait parvenir à nos oreilles — aux miennes en tout cas — comme si elle émanait d'une lointaine distance, ou de quelque profonde caverne à l'intérieur de la terre. Ensuite, elle me fit un effet semblable (j'ai fort peur qu'il me soit ici impossible d'être compris parfaitement) à celui des substances gélatineuses ou glutineuses sur le sens du toucher.

J'ai employé à la fois les termes de « son » et de « voix ». Je veux dire par là que ce son était en fait une syllabisation distincte, merveilleusement, étonnamment distincte. M. Valdemar *parla*, répondant manifestement à la question que je lui avais posée quelques minutes auparavant. Je lui avais demandé, on s'en souviendra, s'il dormait encore. Il répondit maintenant :

— Oui !... Non !... *J'étais* en train de dormir... mais maintenant... maintenant... *Je suis mort !*

(**the earth** : *la terre*) ; (ici) *d'outre-tombe, surnaturel.*
11. **to reach :** *atteindre, rejoindre, parvenir.*
12. **to impress :** 1) (ici) *impressionner ;* 2) *imprimer, empreindre.*
13. **to comprehend :** *comprendre* (plus littéraire que **to understand**) ; ▲ **comprehensive** : *complet, exhaustif* (*compréhensif :* **sympathetic, understanding**).
14. **wonderfully :** *merveilleusement ;* formé sur l'adjectif **wonderful** : *merveilleux,* lui-même formé sur le nom **wonder** : *merveille.*
15. **thrillingly :** *étonnamment, saisissant, excitant ;* **to thrill** : *faire vibrer, émouvoir ;* **a thriller** : *un roman* ou *un film à suspense.*
16. **to propound :** *proposer, avancer, émettre* (une idée).

No person present even affected[1] to deny[2], or attempted to repress[3], the unutterable[4], shuddering[5] horror which these few words, thus uttered, were so well calculated to convey. Mr. L...l (the student) swooned[6]. The nurses immediately left the chamber, and could not be induced[7] to return. My own impressions I would not pretend to render intelligible to the reader. For nearly an hour, we busied[8] ourselves, silently — without the utterance[9] of a word — in endeavors to revive Mr. L...l. When he came to himself[10], we addressed ourselves again to an investigation of M. Valdemar's condition.

It[11] remained in all respects as I have last described it, with the exception that the mirror no longer afforded evidence[12] of respiration. An attempt to draw blood[13] from the arm failed. I should mention, too, that his limb was no longer subject to my will. I endeavored in vain to make it follow the direction of my hand. The only real indication, indeed, of the mesmeric influence, was now found in the vibratory movement of the tongue, whenever I addressed M. Valdemar a question. He seemed to be making an effort to reply, but had no longer sufficient volition[14]. To queries[15] put to him by any other person than myself he seemed utterly insensible — although I endeavored to place each member of the company in mesmeric *rapport* with him.

---

1. **to affect :** *prétendre, simuler, affecter, faire semblant.*
2. **to deny :** *nier, renier, démentir, refuser.*
3. **to repress :** *réprimer, retenir.*
4. **unutterable :** *indicible, inexprimable* (**to utter** : *proférer, jeter un cri, prononcer*).
5. **shuddering :** *frisson, frémissement ;* **to shudder** : *frémir, trembler* (de peur, de fièvre).
6. **to swoon :** (littéraire) *s'évanouir, se pâmer ;* en anglais plus usuel, on dirait **to faint**.
7. **to induce :** 1) (ici) *persuader, amener, déterminer qqn à faire qqch ;* 2) *induire.*
8. **to busy oneself :** *s'activer, s'occuper.*
9. **utterance :** *expression, émission* (d'un son) ; **to utter** : *proférer* (un mot), *pousser* (un cri).
10. **to come to oneself :** *revenir à soi, sortir d'un évanouissement.*

Aucune des personnes présentes ne put nier, ou même tenter de réprimer, l'indicible frissonnement d'horreur que ces quelques paroles, ainsi proférées, suscitèrent de façon si terrible. M. L...l (l'étudiant en médecine) s'évanouit. Les infirmiers quittèrent précipitamment la chambre, et rien ne put les persuader de revenir. Je ne prétendrai pas pouvoir rendre compte au lecteur de mes propres impressions de façon intelligible. Pendant près d'une heure, nous nous occupâmes en silence — sans proférer une seule parole — d'essayer de ranimer M. L...l. Après qu'il fut revenu à lui, nous nous préoccupâmes de nouveau de notre enquête sur l'état de M. Valdemar.

Celui-ci était, à tous égards, tel que je l'ai précédemment décrit, à l'exception du fait que le miroir ne fournissait plus de preuve de sa respiration. Une tentative de prise de sang au bras se révéla un échec. Je dois également ajouter que son bras n'était plus sujet à ma volonté. Je tentai en vain de lui faire suivre la direction du mien. La seule indication réelle de l'influence mesmérique était en vérité le mouvement vibratoire de la langue qui se manifestait quand je posai une question à M. Valdemar. Il parut faire un effort pour répondre, mais n'avait plus suffisamment de volonté. Il paraissait insensible aux questions qui lui étaient adressées par tout autre que moi, en dépit de mes efforts pour placer chaque membre de notre groupe en *rapport* mesmérique avec lui.

---

11. **it :** ce pronom neutre reprend **condition.**
12. **to afford evidence :** 1) (ici) *fournir, donner une preuve ;* 2) *se permettre, avoir les moyens de ;* **evidence** : *preuve(s) ;* **to give evidence** : *témoigner.*
13. **to draw blood :** *opérer une saignée, faire couler le sang.*
14. **volition :** (littéraire) *volonté* (**= will**) ; **volition** insiste de plus sur l'autonomie de la volonté.
15. **query :** *question ;* pl. **queries.**

I believe that I have now related [1] all that [2] is necessary to an understanding of the sleep-walker's state at this epoch. Other nurses were procured [3] ; and at ten o'clock I left the house in company with the two physicians and Mr. L...l.

In the afternoon we all called again to see the patient. His condition remained precisely the same. We had now some discussion as to the propriety [4] and feasibility [5] of awakening him ; but we had little difficulty in agreeing [6] that no good purpose would be served [7] by so doing. It was evident that, so far, death (or what is usually termed [8] death) had been arrested by the mesmeric process [9]. It seemed clear to us all that to awaken M. Valdemar would be merely to insure [10] his instant [11], or at least his speedy [12], dissolution.

From this period until the close of last week — *an interval of nearly seven months* — we continued to make daily calls [13] at M. Valdemar's house, accompanied, now and then, by medical and other friends. All this time the sleep-walker remained *exactly* as I have last described him. The nurses' attentions were continual. It was on Friday [14] last that we finally resolved to make the experiment of awakening, or attempting to awaken him ; and it is the (perhaps) unfortunate [15] result of this latter experiment which has given rise to so much discussion in private circles [16] — to so much of what I cannot help thinking [17] unwarranted [18] popular feeling [19].

---

1. **to relate :** *rapporter, raconter, relater.*
2. **all that :** notez l'emploi de **that** après **all** ; comparez **I have told you what I know** : *je vous ai dit ce que je savais,* et **I have told you all that I know** : *je vous ai dit tout ce que je savais ;* dans ce dernier cas, on peut sous-entendre **that** : **I have told you all I know.**
3. **to procure :** *trouver, obtenir, (se) procurer.*
4. **propriety :** *rectitude, décence, bienséance.*
5. **feasibility :** *praticabilité.*
6. **to have difficulty in agreeing :** notez l'emploi de la forme en -ing après **to have difficulty.**
7. **no good purpose would be served :** *cela ne servirait pas à grand chose.*
8. **to term :** *désigner, nommer, appeler.*
9. **process :** (ici) *processus, procédé ; méthode.*

Je crois que j'ai maintenant rapporté tous les éléments nécessaires à la bonne compréhension de l'état du somnambule à ce stade. On trouva d'autres infirmiers ; et à dix heures je quittai la maison en compagnie des deux docteurs et de M. L...l.

Nous revînmes tous l'après-midi pour voir le patient. Son état était resté précisément le même. Nous nous entretînmes alors de savoir s'il était correct ou pratique de le réveiller ; mais nous tombâmes d'accord sans grande difficulté sur le fait que cela ne servirait pas à grand-chose. Il était évident que, jusqu'à présent, la mort (ou ce qu'on appelle couramment la mort) avait été arrêtée par le processus mesmérique. Il nous parut clair à tous que réveiller M. Valdemar aurait tout simplement pour effet de garantir sa fin immédiate, ou tout au moins rapide.

A partir de ce moment et jusqu'à la fin de la semaine dernière — c'est-à-dire pendant *un intervalle d'environ sept mois* — nous visitâmes M. Valdemar quotidiennement, accompagnés de temps à autre par des médecins ou d'autres amis. Pendant tout ce temps, le somnambule demeura *exactement* dans le même état que j'ai déjà décrit. Les infirmiers lui prodiguaient des soins constants. Ce fut vendredi dernier que nous résolûmes finalement de procéder à l'expérience de le réveiller, ou de tenter de le réveiller ; et ce sont les résultats (peut-être) malheureux de cette dernière expérience qui ont donné naissance à tant de discussions dans certains cercles privés, ainsi qu'à tous ces débats, que je ne saurais m'empêcher de qualifier de gratuits, dans l'opinion publique.

---

10. **to insure :** *garantir, assurer.*
11. **instant :** *immédiat, instantané ;* (nom) *un instant.*
12. **speedy :** *rapide* (**speed** : *vitesse*).
13. **to make daily calls :** *faire (rendre) des visites quotidiennes.*
14. **Friday :** majuscule obligatoire pour les noms de jours en anglais.
15. **unfortunate :** *malheureux, déplorable* (**fortunate** : *heureux*).
16. **private circles :** *cercles privés, milieux, clubs.*
17. **I cannot help... :** suivi d'un verbe à la forme en -**ing**, *je ne peux m'empêcher de...*
18. **unwarranted :** *gratuit, injustifié.*
19. **popular feeling :** m. à m. : *sentiment populaire.*

For the purpose of relieving[1] M. Valdemar from the mesmeric trance, I made use of the customary passes. These for a time were unsuccessful. The first indication of revival[2] was afforded by a partial descent of the iris. It was observed, as especially remarkable, that this lowering[3] of the pupil was accompanied by the profuse outflowing[4] of a yellowish ichor[5] (from beneath[6] the lids) of a pungent[7] and highly offensive[8] odor.

It was now suggested that I should attempt to influence the patient's arm as heretofore[9]. I made the attempt and failed. Dr. F... then intimated[10] a desire to have me put a question[11]. I did so, as follows :

"M. Valdemar, can you explain to us what are your feelings or wishes now ?"

There was an instant return of the hectic circles on the cheeks ; the tongue quivered, or rather rolled violently in the mouth (although the jaws and lips remained rigid as before), and at length[12] the same hideous voice which I have already described, broke forth[13] :

"For God's sake ! — quick ! — quick ! — put me to sleep — or quick ! — waken me[14] ! — quick ! — *I say to you that I am dead !*"

I was thoroughly[15] unnerved[16], and for an instant remained undecided what to do. At first I made an endeavor to recompose[17] the patient ; but, failing in this through total abeyance[18] of the will, I retraced my steps[19] and as earnestly[20] struggled to awaken him.

---

1. **to relieve :** 1) *soulager, alléger, secourir, remplacer ;* 2) (ici) *tirer de, dégager ;* 3) *mettre en relief.*
2. **revival :** 1) (ici) *réveil, résurrection ;* 2) *renouvellement, reprise, renaissance.*
3. **to lower :** *abaisser, descendre ;* cf. adjectif **low** : *bas.*
4. **outflowing :** *écoulement ;* cf. **to flow out** : *s'écouler.*
5. **yellowish ichor :** *fluide jaunâtre ;* **ichor** : *fluide* (mythologie grecque : liquide coulant dans les veines des dieux).
6. **beneath :** *dessous, au-dessous.*
7. **pungent :** *âcre, acide.*
8. **offensive :** *offensif, blessant, choquant ; nauséabond.*
9. **heretofore :** *comme précédemment, jusqu'ici.*

Afin de tirer M. Valdemar de sa transe mesmérique, j'utilisai les passes habituelles. Pendant un moment celles-ci se révélèrent vaines. La première indication de son réveil nous fut fournie par une descente partielle de l'iris. On observa, comme étant un fait particulièrement remarquable, que cet abaissement de la pupille était accompagné par l'écoulement abondant d'un fluide jaunâtre (émanant de dessous les paupières) à l'odeur âcre et extrêmement nauséabonde.

On me suggéra alors d'essayer de commander au bras du patient comme je l'avais fait auparavant. Je tentai cette expérience, mais sans succès. Le docteur F... exprima alors le désir que je pose une question au patient. Je m'exécutai, en ces termes :

— M. Valdemar, pouvez-vous nous dire quels sont vos impressions ou vos souhaits en ce moment ?

Les taches de fièvre réapparurent immédiatement sur ses joues ; sa langue trembla, ou plutôt s'agita violemment dans sa bouche (bien que ses mâchoires et ses lèvres fussent aussi rigides qu'auparavant), et finalement, la même voix hideuse que j'ai déjà décrite se fit entendre :

— Pour l'amour de Dieu !... Vite !... Vite !... Endormez-moi... ou vite !... Réveillez-moi !... Vite !... *Je vous dis que je suis mort* !

J'en fus si impressionné que, l'espace d'un instant, je restai indécis quant à la marche à suivre. Je procédai d'abord à une tentative pour tranquilliser le patient ; mais ayant échoué à cause de l'absence totale de volonté, je fis marche arrière et concentrai alors toute mon énergie à le réveiller.

---

10. **to intimate :** 1) (ici) *exprimer, indiquer, suggérer ;* 2) *donner un ordre.*
11. **to have me put a question :** m. à m. : *de me faire poser une question* (à M. Valdemar).
12. **at length :** 1) (ici) *enfin ;* 2) *en grands détails.*
13. **to break forth :** *jaillir, se faire entendre.*
14. **to waken :** syn. moins usuel de **to wake up.**
15. **thoroughly :** *complètement, totalement, extrêmement.*
16. **to unnerve :** *déconcerter, faire perdre son sang-froid.*
17. **to recompose :** *calmer, tranquilliser ;* **composure :** *calme, sang-froid.*
18. **abeyance :** *interruption, suspension, absence.*
19. **I retraced my steps :** *je revins en arrière, sur mes pas.*
20. **earnestly :** *sérieusement, de façon pressante.*

In this attempt I soon saw that I should be successful — or at least I soon fancied [1] that my success would be complete — and I am sure that all in the room were prepared to see the patient awaken.

For what really occurred, however, it is quite impossible that any human being could have been prepared.

As I rapidly made the mesmeric passes, amid [2] ejaculations [3] of "dead ! dead !" absolutely *bursting* [4] from the tongue and not from the lips of the sufferer, his whole frame at once — within the space of a single minute, or even less, *shrunk* — crumbled [5], absolutely rotted [6] away beneath my hands. Upon the bed, before that whole company, there lay a nearly liquid mass of loathsome [7] — of detestable putridity.

---

1. **to fancy :** *s'imaginer, se figurer.*
2. **amid :** *au milieu de.*
3. **ejaculations :** *exclamations.*
4. **to burst (I burst, burst) :** *jaillir, éclater.*
5. **to crumble :** *se désagréger, s'émietter.*
6. **to rot :** *pourrir ;* **rotten** : *pourri.*
7. **loathsome :** *répugnant, repoussant.*

Je vis rapidement que mes efforts allaient être couronnés de succès — ou tout au moins je m'imaginai que mon succès serait bientôt chose acquise — et je suis certain que toutes les personnes présentes dans la chambre s'attendaient à voir le patient se réveiller.

Car il est totalement impossible que n'importe quel être humain ait pu s'attendre à voir ce qui se déroula en réalité.

Comme je procédais rapidement à mes passes mesmériques, entre les cris de « Mort ! Mort ! » qui *jaillissaient* littéralement de la langue et non des lèvres du patient, son corps entier, en un éclair, en l'espace d'une seule minute, ou même moins, se contracta, s'effrita, *pourrit* complètement entre mes mains. Sur le lit, devant tous les invités, gisait une masse semi-liquide de répugnante... de détestable pourriture.

AMBROSE BIERCE

The Damned [1] Thing

Cette maudite chose

Ambrose Bierce (1842-vers 1914), journaliste américain, est plus particulièrement connu aujourd'hui pour ses nouvelles fantastiques et satiriques. Il est, en particulier, l'auteur du célèbre *The Devil's Dictionary* (1906), dans lequel il redéfinit notre vocabulaire quotidien avec un sens féroce du cynisme et de l'humour noir.

Bierce fut fortement marqué par la guerre de Sécession. Blessé deux fois, il fut décoré pour héroïsme. Après un séjour en Angleterre de 1872 à 1876, il reprit sa carrière de journaliste à San Francisco, où il devint rapidement l'un des piliers des cercles littéraires californiens. Après une vie littéraire mouvementée, âgé de 72 ans, Bierce se rendit au Mexique. Bizarrement, il y subit un sort qu'il avait souvent réservé à ses personnages : il disparut sans laisser de traces !

Doué d'un style très moderne, Bierce sait créer une tension psychologique certaine en introduisant le fantastique dans la réalité la plus banale. En bon journaliste, d'ailleurs, et contrairement à la plupart des auteurs de son temps, il fait parler et agir des gens ordinaires, dans un langage quotidien. *The Damned Thing*, bien que retraçant des événements de nature fantastique, est inspiré par le fait qu'il existe de vastes territoires non encore explorés par la science contemporaine.

Chapter I : One[2] does not always eat what is on the table

By the light of a tallow[3] candle which had been placed on one end of a rough-table, a man was reading something written in a book. It was an old account book, greatly worn[4] ; and the writing was not, apparently, very legible, for the man sometimes held the page close to the flame of the candle to get a stronger light on it. The shadow of the book would then throw into obscurity a half of the room, darkening[5] a number of faces and figures[6] ; for besides the reader, eight other men were present. Seven of them sat against the rough log[7] walls, silent, motionless, and the room being small, not very far from the table. By extending an arm anyone of them could have touched the eighth man, who lay on the table, face upward[8], partly covered by a sheet, his arms at his sides. He was dead.

The man with the book was not reading aloud, and no one spoke ; all seemed to be waiting for something to occur ; the dead man only was without expectation. From the blank[9] darkness outside came in, through the aperture[10] that served for[11] a window, all the ever unfamiliar noises of night in the wilderness[12] — the long nameless note of a distant coyote ; the stilly[13] pulsing thrill[14] of tireless insects in trees ;

---

1. **to damn :** 1) *condamner, ruiner ;* 2) (ici) *damner, maudire ;* le participe passé **damned** est également employé en tant qu'invective, comme cela est le cas ici ; aussi : **I'll be damned** : équivalent de *« Que le diable m'emporte » ;* damn : (adverbe) *vachement, salement.*
2. **one :** (ici) équivalent plus littéraire du *« on »* français que **they** *(ils)* ou **we** *(nous),* employés habituellement.
3. **tallow :** *graisse animale, suif.*
4. **to wear (I wore, worn) :** 1) *porter* (des vêtements) ; 2) (ici) *(s')user ;* 3) *fatiguer, lasser ;* **to be worn out** : *être complètement usé* (chose), *fatigué* (personne).
5. **to darken :** *(s')obscurcir ;* construit sur **dark** : (adj.) *sombre, obscur ;* (nom) *ténèbres, obscurité.*
6. **figure :** 1) *chiffre ;* 2) (ici) *silhouette, forme ;* 3) *figure, représentation, illustration.*

Chapitre I : On ne mange pas toujours ce qui est sur la table

A la lueur d'une chandelle de suif, qui avait été fichée à l'une des extrémités d'une table grossière, un homme lisait quelque chose d'écrit dans un registre. C'était un vieux registre très abîmé, et l'écriture était apparemment peu lisible, car il devait parfois approcher la page de la flamme de la chandelle afin de l'éclairer davantage. Alors, l'ombre du livre plongeait dans l'obscurité une moitié de la pièce, masquant ainsi plusieurs silhouettes et visages. Outre le lecteur, en effet, huit autres hommes étaient présents. Sept d'entre eux, silencieux, immobiles, étaient assis contre les murs de rondins grossiers et, la pièce étant petite, pas très loin de la table. En étendant le bras, n'importe lequel d'entre eux aurait pu toucher le huitième homme qui gisait sur la table, en partie recouvert d'un drap, le visage tourné vers le ciel, les bras reposant sur les côtés. Il était mort.

L'homme au livre lisait tout bas, et personne ne parlait. Tous semblaient attendre que quelque chose se produisît. Seul le mort n'attendait rien. Des ténèbres aveugles qui régnaient au-dehors émanaient, par l'ouverture qui servait de fenêtre, tous les bruits nocturnes, toujours mystérieux, d'une nature sauvage : la longue note anonyme d'un coyote lointain ; les calmes trilles rythmés des infatigables insectes dans les arbres ;

---

7. **log :** 1) (ici) *grosse bûche, rondin ;* 2) *carnet de bord.*
8. **upward :** *de bas en haut,* ≠ **downward** : *de haut en bas* (indique dans les deux cas une direction).
9. **blank :** *blanc, vierge, muet, aveugle, vide* (**blank space** : *un espace vierge*) ; **a blank** : *un blanc, un vide.*
10. **aperture :** (littéraire) *ouverture ;* en anglais usuel, on dirait **opening** (de **to open** : *ouvrir*).
11. **to serve for :** *servir à, de* (noter l'emploi de la préposition **for**) ; mais **to serve a purpose** : *servir un but.*
12. **wilderness :** *lieu sauvage, désert ;* formé sur **wild** : *sauvage, furieux, inapprivoisé ;* **to be a voice in the wilderness** : *prêcher dans le désert.*
13. **stilly :** (littéraire) *tranquille, immobile* (syn. **still**).
14. **thrill :** 1) *frisson, tressaillement ;* 2) (ici) *trilles* (rarement usité) (syn. **trill**).

strange cries of night birds, so different from those of the birds of the day ; the drone [1] of great blundering [2] beetles, and all that mysterious chorus of small sounds that seem always to have been but half heard when they have suddenly ceased, as if conscious of an indiscretion. But nothing of all this was noted in this company ; its members were not overmuch [3] addicted to idle [4] interest in matters of no practical importance ; that was obvious in every line of their rugged [5] faces — obvious even in the dim [6] light of the single candle. They were evidently men of the vicinity — farmers and woodsmen.

The person reading was a trifle [7] different ; one would have said of him that he was of the world, worldly, albeit [8] there was that in his attire [9] which attested a certain fellowship with the organisms of his environment. His coat would hardly have passed muster [10] in San Francisco ; his foot-gear [11] was not of urban origin, and the hat that lay by him on the floor (he was the only one uncovered) was such that if one had considered it an article of mere personal adornment [12] he would have missed its meaning. In countenance the man was rather prepossessing [13], with just a hint [14] of sternness [15] ; though that he may have assumed or cultivated, as appropriate to one in authority. For he was a coroner [16]. It was by virtue of his office that he had possession of the book in which he was reading ; it had been found among the dead man's effects — in his cabin, where the inquest [17] was now taking place.

---

1. **drone :** 1) *bourdon* (abeille) ; 2) *bourdonnement, bruit monotone ;* 3) *engin téléguidé* (missile).
2. **to blunder :** *gaffer, faire une bévue.*
3. **overmuch :** *trop, outre mesure.*
4. **idle** ['aid(ə)l] : 1) (ici) *futile, vain, inutile ;* 2) *oisif.*
5. **rugged :** 1) *accidenté, raboteux ;* 2) (ici) *rude, grossier, bourru ;* **ruggedness** : *rugosité, rudesse.*
6. **dim :** *faible, pâle, estompé* (**to take a dim view of sth** : *avoir une piètre opinion de qqch*).
7. **trifle :** *bagatelle, vétille, chose sans importance, petite somme d'argent.*
8. **albeit** [ɔːl'biːit] : (littéraire) *quoique, bien que.*
9. **attire :** (littéraire) *vêtements, costume.*

les étranges cris des oiseaux de nuit, tellement différents de ceux des oiseaux diurnes ; le bourdonnement des gros scarabées maladroits ; et tout ce chœur insolite de petits sons qui nous paraissent toujours n'avoir été qu'à demi entendus lorsqu'ils s'arrêtent soudainement, comme conscients d'avoir commis une indiscrétion. Mais le petit groupe ne prêtait guère attention à tout cela. Ces hommes n'étaient pas particulièrement portés à se montrer inutilement intéressés par des questions de peu d'importance. Cela était visible sur chacune des rides de leurs visages burinés, visible même à la faible lueur de l'unique chandelle. C'était de toute évidence des hommes du lieu, des fermiers et des bûcherons.

L'homme qui lisait était quelque peu différent. On aurait pu dire de lui qu'il avait l'expérience du monde, qu'il était plus civilisé, bien qu'il y eût quelque chose dans son accoutrement qui témoignait d'une certaine ressemblance avec ses camarades ou son environnement. Son veston n'aurait guère été acceptable à San Francisco. Ses souliers n'avaient pas été achetés en ville, et le chapeau qui reposait à ses côtés sur le plancher (il était le seul à n'être pas coiffé) était tel, que si quelqu'un l'avait pris pour un simple ornement, il n'en aurait pas compris sa signification. L'homme avait une expression plutôt avenante, avec juste un soupçon de sévérité, mais celle-ci pouvait être feinte ou empruntée, comme il sied à quelqu'un occupant une position d'autorité. C'était en effet un coroner ; et c'était par la grâce de son poste qu'il était en possession du registre qu'il était en train de lire. Celui-ci avait été découvert parmi les effets du mort, dans sa cabane, où l'enquête se déroulait présentement.

---

10. **to pass muster :** *passer, être acceptable.*
11. **foot-gear :** construit sur **foot** : *pied ;* et **gear** : *attirail, équipement, matériel.*
12. **adornment :** *ornementation, ornement, parure ;* cf. to adorn.
13. **prepossessing :** *agréable, prévenant, attrayant.*
14. **hint :** 1) (ici) *insinuation, allusion ;* 2) *conseil, indice.*
15. **sternness :** formé sur **stern** : *sévère, dur.*
16. **coroner :** construit sur **crown** : *couronne ;* à l'origine officier de la couronne (= du Roi) ; magistrat dont la fonction est d'enquêter sur toute mort suspecte.
17. **inquest :** *enquête* menée par un coroner.

When the coroner had finished reading he put the book into his breast pocket[1]. At that moment the door was pushed open and a young man entered. He, clearly, was not of mountain birth and breeding[2] : he was clad[3] as those who dwell[4] in cities. His clothing was dusty, however, as from travel. He had, in fact, been riding hard to attend[5] the inquest.

The coroner nodded[6] ; no one else greeted[7] him.

"We have waited for you," said the coroner. "It is necessary to have done with this business to-night."

The young man smiled.

"I am sorry to have kept you," he said. "I went away, not to evade[8] your summons[9], but to post to my newspaper an account of what I suppose I am called back to relate."

The coroner smiled.

"The account that you posted to your newspaper," he said, "differs, probably, from that which you will give here under oath[10]."

"That," replied the other, rather hotly and with a visible flush[11], "is as you please. I used manifold paper[12] and have a copy of what I sent. It was not written as news, for it is incredible, but as fiction. It may go as part of my testimony[13] under oath."

"But you say it is incredible."

"That is nothing to you, sir, if I also swear[14] that it is true."

---

1. **breast pocket :** m. à m. : *poche de poitrine.*
2. **to breed :** *engendrer, procréer, faire naître, faire de l'élevage ;* **breeding** ; 1) *reproduction, multiplication* (employé pour des animaux) ; 2) (ici) *bonne éducation, savoir-vivre.*
3. **clad :** (littéraire) ancien prétérite et p. passé de **to clothe (I clothed, clothed).**
4. **to dwell (I dwelt, dwelt) :** (littéraire) *habiter, résider.*
5. **to attend :** 1) **(to sth, to sb)** *s'occuper de qqch, de qqn ;* 2) (ici) (directement suivi d'un nom) *assister à qqch.*
6. **to nod :** 1) (ici) *faire un signe de tête* (de haut en bas), *saluer, approuver ;* 2) *dodeliner, somnoler.*
7. **to greet :** *saluer, accueillir.*
8. **to evade :** *éviter, esquiver, éluder ;* **to evade tax, tax evasion** : *frauder le fisc, fraude fiscale.*
9. **summons :** avec « s » même au sg., *appel, convocation,*

Après que le coroner eut fini de lire, il mit le cahier dans sa poche. A ce moment-là, quelqu'un poussa la porte et un jeune homme entra. Il n'était visiblement pas d'extraction ou de souche montagnarde : il était vêtu à la façon des citadins. Ses vêtements étaient cependant couverts de poussière, comme après un voyage. Il avait, en effet, longuement chevauché pour pouvoir assister à l'enquête.

Le coroner lui adressa un signe de tête. Personne d'autre ne le salua.

— Nous vous attendions, dit le coroner. Il est nécessaire que nous en finissions avec cette affaire cette nuit.

Le jeune homme sourit.

— Je suis désolé de vous avoir fait attendre, dit-il. Je n'étais pas parti pour échapper à votre convocation, mais pour envoyer à mon journal un compte rendu des faits. Je suppose que c'est pour entendre ceux-ci que vous m'avez rappelé.

Le coroner sourit.

— Le compte rendu que vous avez envoyé à votre journal, dit-il, diffère probablement de celui que vous ferez ici sous serment.

— Ce sera, répliqua l'autre, avec une certaine chaleur et le sang lui montant visiblement au visage, comme il vous plaira. J'ai employé du papier carbone et j'ai conservé copie de ce que j'ai envoyé. Je ne l'ai pas écrit comme des informations, parce que tout cela est à peine croyable, mais comme de la fiction. Cela pourra être inclus dans mon témoignage sous serment.

— Mais vous dites que c'est incroyable.

— Cela ne saurait vous concerner, Monsieur, si je vous jure en même temps que c'est la vérité.

---

sommation, assignation à comparaître (juridique) ; **to summon sb** : *appeler, convoquer qqn.*

10. **under oath :** *sous serment ;* **oath** : 1) *serment ;* 2) *juron.*

11. **flush :** 1) *jaillissement d'eau ;* 2) (ici) *flot de sang au visage, bouffée de chaleur.*

12. **manifold paper :** papier dont l'envers est enduit d'une substance qui permet d'écrire plusieurs exemplaires d'un même document en une seule fois ; **manifold :** *divers, varié, multiple, nombreux.*

13. **testimony :** *témoignage ;* cf. **to testify** : *témoigner.*

14. **to swear (I swore, sworn) :** *jurer, prêter serment.*

The coroner was silent for a time, his eyes upon [1] the floor. The men about the sides of the cabin talked in whispers [2], but seldom [3] withdrew their gaze [4] from the face of the corpse [5]. Presently the coroner lifted [6] his eyes and said : "We will resume [7] the inquest."

The men removed [8] their hats. The witness was sworn.

"What is your name ?" the coroner asked.

"William Harker."

"Age ?"

"Twenty-seven."

"You knew the deceased, Hugh Morgan ?"

"Yes."

"You were with him when he died ?"

"Near him."

"How did that happen — your presence, I mean ?"

"I was visiting him at this place to shoot [9] and fish. A part of my purpose [10], however, was to study him and his odd [11], solitary way of life. He seemed a good model for a character [12] in fiction. I sometimes write stories."

"I sometimes read them."

"Thank you."

"Stories in general — not yours."

Some of the jurors laughed. Against a sombre background humor shows high lights. Soldiers in the intervals of battle laugh easily, and a jest [13] in the death chamber [14] conquers by surprise.

---

1. **upon :** plus littéraire que la préposition **on**.
2. **whisper :** *chuchotement, murmure ;* **to whisper** : *chuchoter, murmurer.*
3. **seldom :** (littéraire) *rarement, peu souvent ;* **seldom seen** : rarement vu.
4. **gaze :** *regard fixe* (*gaze :* **gauze**) ; **to gaze at** : *regarder fixement, fixer.*
5. **corpse :** *corps* (au sens mort, *cadavre*) ; un terme plus médical serait **cadaver**.
6. **to lift :** 1) (ici) *lever, soulever ;* 2) (argot) *voler, piquer ;* **a lift** : *un ascenseur* (G.B. — en américain, on dirait plutôt **an elevator**).
7. **to resume** [ri'zju:m] : *reprendre, continuer, poursuivre ;* ▲ *résumer :* **to summarize**.
8. **to remove :** *enlever, déplacer ;* formé sur **to move** : *bouger ;* **removal** : *enlèvement, déplacement* (de choses).

Le coroner resta silencieux pendant un moment, les yeux fixés au sol. Les hommes assis contre les murs de la cabane se parlaient en murmurant, leurs yeux quittant rarement le visage du cadavre. Puis le coroner releva la tête et dit : « Nous reprenons l'enquête. »

Les hommes enlevèrent leur chapeau. Le témoin fut assermenté.

— Quel est votre nom ? demanda le coroner.

— William Harker.

— Votre âge ?

— Vingt-sept ans.

— Vous connaissiez le défunt, Hugh Morgan ?

— Oui.

— Vous étiez avec lui quand il est mort ?

— Près de lui.

— Comment cela s'est-il produit... Je veux dire, votre présence à ses côtés ?

— J'étais venu passer quelques jours dans sa cabane pour chasser et pêcher. Une des raisons de ma visite, cependant, était de l'étudier, lui et son étrange mode de vie solitaire. Il me semblait être un bon modèle pour un personnage de roman. J'écris parfois des nouvelles.

— J'en lis parfois.

— Merci.

— Des nouvelles en général, pas les vôtres.

Plusieurs jurés rirent. Sur un décor sombre, l'humour n'en paraît que plus brillant. Entre deux combats, les soldats rient facilement, et une plaisanterie dans la chambre mortuaire remporte un franc succès par le simple effet de sa surprise.

---

9. **to shoot (I shot, shot) :** 1) *tirer,* (d'où ici) *chasser, lancer ;* 2) *tourner un film.*
10. **purpose** ['pə:pəs] *dessein, objet, but ;* **to do sth on purpose** : *faire qqch à dessein.*
11. **odd :** 1) *impair* (nombre) ; 2) (ici) *singulier, bizarre ;* 3) *dépareillé ;* **an oddity** : *une bizarrerie ;* **the odds** : (toujours pl.) *les chances* (statistique, jeu).
12. **character :** 1) *caractère* (lettre, marque distinctive, trait de personnalité) ; 2) (ici) *personnage de fiction ;* **he's a character** : *c'est un original.*
13. **jest :** *plaisanterie ;* **to jest** : *plaisanter ;* **a jester :** *un bouffon.*
14. **death chamber :** m. à m. : *chambre de mort.*

"Relate the circumstances of this man's death," said the coroner. "You may use any notes or memoranda that you please."

The witness [1] understood. Pulling a manuscript from his breast pocket he held it near the candle and turning the leaves until he found the passage that he wanted began to read.

Chapter II : What may happen in a field of wild oats [2]

"... The sun had hardly risen when we left the house. We were looking for quail, each with a shotgun, but we had only one dog. Morgan said that our best ground [3] was beyond a certain ridge [4] that he pointed out, and we crossed it by a trail [5] through the chaparral [6]. On the other side was comparatively level [7] ground, thickly covered with wild oats. As we emerged from the chaparral Morgan was but a few [8] yards in advance. Suddenly we heard, at a little distance to our right and partly in front, a noise as of some animal thrashing about [9] in the bushes, which we could see were violently agitated.

" 'We've started [10] a deer [11],' I said. 'I wish we had brought a rifle [12].'

"Morgan, who had stopped and was intently [13] watching the agitated *chaparral*, said nothing, but had cocked [14] both barrels of his gun and was holding it in readiness to aim [15].

---

1. **witness :** *témoin ;* to witness : *être le témoin de qqch ;* mais to testify : *témoigner* (devant un tribunal).
2. **oat :** *avoine ;* en général utilisé au pluriel dans le sens de « *flocons d'avoine* ».
3. **ground :** 1) *sol, terre ;* 2) (ici) *terrain, emplacement ;* 3) (pl. : grounds) *motifs, raisons, causes.*
4. **ridge :** (ici) *arête, crête* (montagne).
5. **trail :** 1) *trace, traînée ;* 2) (ici) *piste.*
6. **chaparral :** *le maquis, la garrigue ;* du mexicain « chaparro », et du basque « txapar » : végétation montagnarde touffue de petits conifères, bien adaptée à des étés très secs et des hivers humides.
7. **level :** (adjectif) *plat, horizontal, uniforme ;* (nom) *niveau ;* to level : *niveler, mettre au niveau, égaliser.*
8. **but a few :** m. à m. : *seulement quelques.*

— Veuillez raconter les circonstances de la mort de cet homme, dit le coroner. Vous pouvez utiliser n'importe quelles notes ou aide-mémoire qu'il vous plaira.

Le témoin comprit l'allusion. Tirant un manuscrit de sa poche, il le tint près de la bougie et, après avoir tourné les pages jusqu'à ce qu'il eût trouvé le passage qu'il cherchait, il commença à lire.

Chapitre II : Ce qui peut arriver dans un champ d'avoine sauvage

— ... Le soleil était à peine levé quand nous quittâmes la maison. Nous cherchions des cailles, chacun avec son fusil, mais avec seulement un chien. Morgan m'indiqua que le meilleur endroit pour les cailles était situé de l'autre côté d'une certaine crête qu'il me désigna, et que nous traversâmes en empruntant une piste tracée dans le maquis. De l'autre côté s'étalait une étendue relativement plate, recouverte d'un champ touffu d'avoine sauvage. Quand nous émergeâmes du maquis, Morgan marchait à quelques mètres devant moi. Tout à coup, nous entendîmes, à une petite distance à la fois sur notre droite et partiellement devant nous, un bruit semblable à celui d'un animal s'agitant dans les buissons, que nous pouvions voir animés de mouvements violents.

— On a levé un cerf, dis-je. Je regrette que nous n'ayons pas pris de carabines.

Morgan, qui s'était arrêté et observait avec attention les violents mouvements du maquis, ne répondit pas, mais avait armé les deux canons de son fusil et se tenait prêt à tirer.

---

9. **to thrash about :** *se débattre, se remuer violemment.*
10. **to start :** 1) *commencer, débuter ;* 2) *tressaillir, sursauter ;* par extension ici : *faire partir, « lever »* ou *« lancer »* un animal.
11. **deer :** *cerf* (femelle : **doe** [dou]).
12. **rifle :** *fusil rayé, carabine de chasse ;* **a rifleman** : (militaire) *un fantassin, un fusilier.*
13. **intently :** *attentivement, fixement ;* de **intent** : (adjectif) *ardent, acharné, profond, soutenu.*
14. **to cock :** 1) **one's eye** : *donner un coup d'œil ;* **one's hat** : *lever son chapeau ;* 2) (ici) *armer un fusil.*
15. **to aim :** *viser, ajuster, pointer ;* **an aim** : *un objectif.*

I thought him a trifle excited, which surprised me, for he had a reputation for exceptional coolness[1], even in moments of sudden and imminent peril.

" 'Oh, come,' I said. 'You are not going to fill up a deer with quailshot[2], are you ?'

"Still he did not reply ; but catching a sight of his face as he turned it slightly toward me I was struck by the intensity of his look. Then I understood that we had serious business in hand[3], and my first conjecture was that we had 'jumped[4]' a grizzly. I advanced to Morgan's side, cocking my piece as I moved.

"The bushes were now quiet and the sounds had ceased, but Morgan was as attentive to the place as before.

" 'What is it ? What the devil is it ?' I asked.

" 'That[5] Damned Thing !' he replied, without turning his head. His voice was husky and unnatural. He trembled visibly.

"I was about to speak further[6], when I observed the wild oats near the place of the disturbance[7] moving in the most inexplicable[8] way. I can hardly describe it. It seemed as if stirred[9] by a streak[10] of wind, which not only bent[11] it, but pressed it down — crushed[12] it so that it did not rise ; and this movement was slowly prolonging itself directly toward us.

---

1. **coolness :** *fraîcheur ;* construit sur **cool** : *frais* (**to cool** : *rafraîchir, refroidir*).
2. **quailshot :** *plombs pour petit gibier ;* mot formé sur **quail** : *cailles* et sur **shot** : *plomb* ; même construction pour **buckshot** : *chevrotines* plus grosses utilisées pour chasser le chevreuil (**buck**).
3. **business in hand :** m. à m. : *affaires en main ;* signifie « *affaires courantes* », « *ordre du jour* ».
4. **to jump :** *sauter, bondir ;* par extension, ici, *faire sauter,* « *lever* » un animal.
5. **that :** noter l'emploi de ce pronom pour ajouter une qualification négative aux mots qui suivent.
6. **further :** 1) *plus loin ;* 2) (ici) *davantage ;* 3) *additionnel, supplémentaire* (**without further ado** : *sans plus de cérémonie*) ; **to further** : *avancer, faire progresser.*
7. **disturbance :** 1) *trouble, dérangement ;* 2) *bruit,*

Je le trouvai un peu excité, ce qui me surprit, car il avait une réputation de calme exceptionnel, même dans les moments de péril soudain et imminent.

— Oh, voyons, dis-je, vous n'allez pas tirer un cerf avec des petits plombs, n'est-ce pas ?

Il ne me répondit toujours pas. Comme il se tournait légèrement vers moi, j'aperçus son visage et fus frappé par l'intensité de son expression. C'est alors que je compris que nous étions engagés dans une affaire sérieuse, et ma première hypothèse fut que nous avions « levé » un grizzly. Je m'avançai aux côtés de Morgan, armant mon fusil tandis que je m'approchais de lui.

Les buissons étaient désormais tranquilles et les bruits avaient cessé, mais Morgan scrutait toujours l'emplacement, demeurant aussi attentif qu'auparavant.

— Qu'est-ce ? Que diable est-ce ? dis-je.

— Cette Maudite Chose ! me répondit-il sans tourner la tête. Sa voix avait un son enroué et anormal. Il tremblait manifestement.

J'allais de nouveau lui adresser la parole quand j'observai que le champ d'avoine sauvage, situé juste à côté de l'endroit où il avait été précédemment agité, bougeait de façon totalement inexplicable. Je peux difficilement décrire ce phénomène. Il semblait que l'avoine fût remuée par un souffle de vent qui non seulement la pliait, mais également la pressait au sol, l'écrasant de façon telle qu'elle ne se relevait point. Et ce mouvement se prolongeait lentement dans notre direction.

---

vacarme ; **atmospheric disturbance :** *perturbation atmosphérique ;* construit sur **to disturb** : *troubler, déranger.*

8. **inexplicable :** (littéraire) *inexplicable ;* en anglais usuel, on dirait plutôt **unexplained.**

9. **to stir :** *remuer, agiter* (plus doux que **to shake** : *secouer ;* ex. : **« A Martini, stirred but not shaken »** — James Bond) ; **a stir** : *un mouvement.*

10. **streak :** 1) *raie, rayure, bande, strie, trainée ;* 2) (ici) *souffle* (de vent), *filet* (de lumière) ; 3) *filon ;* **to streak** : 1) *rayer, zébrer ;* 2) *courir* (argot : *courir nu en public*).

11. **to bend (I bent, bent** ou **bended) :** *plier, ployer, courber, baisser ;* **a bent** : *un penchant, une inclination.*

12. **to crush :** *écraser, aplatir ;* **a crush** : *une bousculade ;* **orange crush** : *orange pressée.*

"Nothing that I had ever seen affected me so strangely as this unfamiliar and unaccountable phenomenon, yet I am unable to recall [1] any sense of fear. I remember — and tell it here because, singularly enough, I recollected it then — that once in looking carelessly out of an open window I momentarily mistook a small tree close at hand [2] for one of a group of larger trees at a little distance away. It looked the same size as [3] the others, but being more distinctly and sharply defined in mass and detail seemed out of harmony with them. It was a mere [4] falsification of the law of aerial perspective, but it startled [5], almost terrified me. We so rely upon [6] the orderly operation of familiar natural laws that any seeming suspension of them is noted as a menace to our safety, a warning [7] of unthinkable calamity. So now the apparently causeless movement of the herbage and the slow, undeviating approach of the line of disturbance were distinctly disquieting [8]. My companion appeared actually frightened, and I could hardly credit my senses [9] when I saw him suddenly throw [10] his gun to his shoulder and fire both barrels at the agitated grain ! Before the smoke of the discharge had cleared away [11] I heard a loud savage cry — a scream like that of a wild animal — and flinging [12] his gun upon the ground Morgan sprang [13] away and ran swiftly from the spot [14].

---

1. **to recall :** (ici) *(se) rappeler* (syn. **to recollect**, voir plus bas dans le texte ; **to remember** : *se souvenir*).
2. **close at hand :** m. à m. : *près de la main ;* expression idiomatique signifiant « *tout près* ».
3. **the same size as :** *la même taille que ;* noter l'emploi de **as** après **same**.
4. **mere** ['miər] : *simple, pur, seul ;* **merely** : *simplement, purement, seulement.*
5. **to startle :** *effrayer, alarmer, faire sursauter ;* **startled** : *effrayé, alarmé ;* **startling** : *effrayant, alarmant* (**a startling ressemblance** : *une ressemblance saisissante*).
6. **to rely (up)on sb. sth :** *compter sur, avoir confiance en qqn, qqch ;* **reliance** : *confiance.*
7. **to warn :** *prévenir, avertir ;* **a warning** : *un avertissement.*

Je n'ai jamais rien vu qui m'ait affecté de façon aussi étrange que ce phénomène inconnu et inexplicable, et pourtant je n'arrive pas à me souvenir d'avoir éprouvé un sentiment de peur. Je me souviens — et je le mentionne maintenant parce que, bizarrement, je m'en souvins alors — avoir un jour regardé négligemment par une fenêtre ouverte, et avoir momentanément confondu un petit arbre rapproché avec un autre, qui faisait partie d'un bosquet d'arbres plus grands, situés à quelque distance. Il paraissait avoir la même taille que les autres, mais parce qu'il était plus distinct et mieux défini dans sa masse et dans ses détails, il semblait en désaccord avec eux. C'était une simple falsification des lois de la perspective aérienne, mais cela m'avait alarmé, et presque terrifié. On se repose tellement sur le bon fonctionnement des lois naturelles connues que toute suspension apparente de celles-ci est perçue comme une menace envers notre sécurité, un avertissement de quelque impensable calamité. C'est ainsi que le mouvement apparemment sans cause de l'herbe, et sa lente et directe progression, étaient indéniablement troublants. Mon compagnon paraissait réellement effrayé, et je pus difficilement en croire mes yeux quand je le vis soudainement épauler son fusil et faire feu des deux canons en direction de l'avoine en mouvement ! Avant que la fumée du coup ait pu se dissiper, j'entendis un grand cri féroce — un cri comme celui que pousserait une bête sauvage — et, jetant son arme au sol, Morgan bondit et s'enfuit en courant.

---

8. **to disquiet :** *troubler, inquiéter ;* **disquieting :** *troublant.*
9. **to credit one's senses :** m. à m. : *faire crédit à ses sens ;* équivalent de « *en croire ses yeux* ».
10. **to throw (I threw, thrown) :** 1) (ici) *(pro)jeter, lancer ;* 2) *étonner, déconcerter ;* **a throw :** *un jet, un lancement* (**a throw of dice** : *un coup de dés*).
11. **to clear away :** 1) *enlever, ôter, écarter ;* 2) (ici) *se dissiper ;* formé sur **to clear :** *éclaircir.*
12. **to fling (I flung, flung) :** *jeter, lancer* (plus violent que **to throw**).
13. **to spring (I sprang, sprung) :** 1) (ici) *bondir, sauter ;* 2) *jaillir* (une source) ; **a spring** : 1) *un ressort ;* 2) *une source.*
14. **spot :** 1) (ici) *endroit, lieu, place ;* 2) *tache ;* **to spot :** 1) *repérer, localiser ;* 2) *tacher.*

At that same instant I was thrown violently to the ground by the impact of something unseen in the smoke — some soft, heavy substance that seemed thrown against me with great force.

"Before I could get upon my feet [1] and recover [2] my gun, which seemed to have been struck from my hands, I heard Morgan crying out [3] as if in mortal agony, and mingling [4] with his cries were such hoarse [5], savage sounds as one hears from fighting dogs. Inexpressibly terrified, I struggled [6] to my feet and looked in the direction of Morgan's retreat ; and may Heaven in mercy spare [7] me from another sight like that ! At a distance of less than thirty yards was my friend, down upon one knee, his head thrown back at a frightful [8] angle, hatless, his long hair in disorder and his whole body in violent movement from side to side, backward and forward. His right arm was lifted and seemed to lack [9] the hand — at least, I could see none. The other arm was invisible. At times, as my memory now reports this extraordinary scene, I could discern but a part of his body ; it was as if he had been partly blotted out [10] — I cannot otherwise express it — then a shifting [11] of his position would bring it all into view [12] again.

"All this must have occurred within [13] a few seconds, yet in that time Morgan assumed [14] all the postures of a determined wrestler [15] vanquished [16] by superior weight and strength.

---

1. **to get (up) on one's feet :** *se relever.*
2. **to recover :** 1) (ici) *recouvrer, récupérer, retrouver ;* 2) *guérir, se rétablir, se remettre ;* **recovery** : 1) *recouvrement ;* 2) *guérison ; reprise économique.*
3. **to cry out :** *pousser de grands cris, s'écrier.*
4. **to mingle :** *(se) mêler, (se) mélanger ;* **to mingle with the crowd** : *se mêler à la foule.*
5. **hoarse :** *enroué, rauque ;* **hoarsely** : *d'une voix enrouée.*
6. **to struggle :** *lutter, combattre, se démener* (**with, against, for** : *avec, contre, pour*) ; **a struggle** : *une lutte, un combat* (**class struggle** : *la lutte des classes*).
7. **to spare :** *épargner, faire grâce ;* **sparingly** : *frugalement ;* **a spare** : *un accessoire, une pièce de rechange.*
8. **frightful :** *effroyable, épouvantable ;* construit sur **fright** : *effroi ;* plus fort que **fearful**, de **fear** : *peur.*

Au même moment, je fus précipité violemment au sol par l'impact de quelque chose d'invisible, caché par la fumée, quelque chose de mou, de lourd, qui parut être projeté contre moi avec une force extraordinaire.

Avant que je pusse me relever et récupérer mon arme, qui semblait m'avoir été arrachée des mains, j'entendis Morgan crier comme s'il souffrait une mortelle agonie, et, s'entremêlant à ses cris, des sons si rauques et si sauvages qu'ils faisaient penser aux aboiements de chiens qui se battent. Indiciblement terrifié, je fis un effort pour me relever et regardai dans la direction où Morgan avait fui. Puisse le Ciel dans sa pitié m'épargner à l'avenir la vision d'un pareil spectacle ! Mon ami se trouvait à une distance de moins de vingt-cinq mètres, un genou au sol, la tête découverte inclinée suivant un angle terrifiant, ses longs cheveux en désordre et le corps entier agité violemment de mouvements de va-et-vient latéraux. Son bras droit était dressé en l'air et semblait être amputé d'une main — ou en tout cas, je ne pus la distinguer. L'autre bras était invisible. Par moments, maintenant que ma mémoire se souvient de cette extraordinaire scène, je ne pouvais seulement distinguer qu'une partie de son corps. C'était comme s'il avait été à moitié caché par quelque chose — je ne saurais l'expliquer autrement —, puis un changement de position le rendait visible à nouveau.

Tout cela dut se dérouler en quelques secondes, et pourtant, durant cet intervalle, Morgan prit toutes les postures d'un lutteur déterminé, vaincu par une créature de poids et de force supérieurs.

---

9. **to lack :** *manquer de, être dénué de* (**to lack experience** : *manquer d'expérience*) ; **a lack** : *un manque, une pénurie.*
10. **to blot out :** *effacer, cacher, masquer.*
11. **to shift :** 1) (ici) *changer de place, remuer ;* 2) *passer les vitesses* (auto).
12. **into view :** m. à m. : *en vue ;* notez l'emploi de **into.**
13. **within :** (littéraire) syn. de **in** ou **inside** : *à l'intérieur, de l'intérieur ;* **within sight** : *en vue.*
14. **to assume :** 1) (ici) *prendre, affecter, revêtir ;* 2) *assumer, se charger ;* 3) *présumer, supposer ;* **an assumption** : *une assomption, une supposition.*
15. **wrestler :** *lutteur ;* formé sur **to wrestle** : *lutter ;* **wrestling** : *la lutte* (sport) (en français : *catch*).
16. **to vanquish :** (littéraire) *vaincre, triompher.*

I saw nothing but him, and him not always distinctly. During the entire incident his shouts and curses [1] were heard, as if through an enveloping uproar [2] of such sounds of rage and fury as I had never heard from the throat of man or brute !

"For a moment only I stood irresolute, then throwing down my gun I ran forward to my friend's assistance. I had a vague belief that he was suffering from a fit [3], or some form of convulsion. Before I could reach his side he was down and quiet. All sounds had ceased, but with a feeling of such terror as even these awful [4] events had not inspired I now saw again the mysterious movement of the wild oats, prolonging itself from the trampled [5] area about the prostrate [6] man toward the edge [7] of the wood. It was only when it had reached the wood that I was able to withdraw my eyes and look at my companion. He was dead."

Chapter III : A man though naked [8] may be in rags [9]

The coroner rose from his seat and stood beside [10] the dead man. Lifting an edge of the sheet he pulled it away, exposing the entire body, altogether [11] naked and showing in the candlelight a clay-like yellow.

---

1. **curse :** *malédiction ;* **accursed** : *maudit ;* **to curse** : *maudire, jurer.*
2. **uproar :** *tumulte, vacarme, tapage* (**the town was in an uproar** : *la ville était en effervescence*).
3. **fit :** 1) (ici) *accès de folie, attaque ;* 2) *grande colère.*
4. **awful :** *affreux, effroyable* (**an awful death** : *une mort horrible*) ; formé sur **awe** : *crainte, respect, révérence.*
5. **to trample :** *piétiner, écraser ;* formé de **to tramp** : *marcher lourdement* (d'où **a tramp** : *un vagabond, un clochard).*
6. **prostrate :** 1) (ici) *prosterné, couché ;* 2) (figuré) *accablé, terrassé* (**prostrate with grief** : *accablé de chagrin*).
7. **edge :** 1) (ici) *berge, lisière, bord, rive ;* 2) *fil, tranchant* (lame), *arête ;* 3) *avantage* (**to have an edge :** *avoir l'avantage*).

Je ne distinguais rien d'autre que lui, et même lui, je ne le voyais pas toujours de façon distincte. Pendant toute la durée de ce combat, j'entendis ses cris et ses jurons, mais couverts par un vacarme de bruits de rage et de furie tels que je n'en avais jamais entendus de pareils émaner de gorge d'homme ou de bête !

Je demeurai indécis seulement pendant un bref instant, puis jetant mon arme, je courus à l'aide de mon ami. J'avais le vague pressentiment qu'il était atteint d'une crise d'épilepsie, ou de quelque autre forme de convulsion. Avant que je pusse arriver auprès de lui, il reposait par terre, tranquille. Tous les bruits s'étaient tus, mais je vis alors, avec un sentiment de terreur telle que même les horribles événements qui venaient de se dérouler n'avaient pu me l'inspirer, le mystérieux mouvement de l'avoine sauvage se prolonger à nouveau, de la surface piétinée où reposait le corps prostré de mon ami, jusqu'à la lisière du bois. C'est seulement après que ce mouvement eut atteint le bois que je fus capable d'en détourner les yeux et de regarder mon compagnon. Il était mort.

Chapitre III : Un homme peut être nu et pourtant en lambeaux

Le coroner quitta son siège et vint se placer aux côtés du mort. Soulevant le drap par l'un de ses bords, il le retira, découvrant la totalité du cadavre, qui était entièrement nu et arborait, à la lueur de la bougie, une coloration d'un jaune argileux.

---

8. **naked :** 1) (ici) *nu* (**stark naked** : *tout nu*) ; 2) (figuré) *dégarni, à découvert* (**the naked truth** : *la pure vérité*).
9. **rag :** 1) *lambeau ;* 2) *haillon, guenille, chiffon* (**from rags to riches** : *de pauvreté à richesse*) ; noter le jeu de mot : le cadavre de Morgan est nu et déchiqueté (donc en *lambeaux,* premier sens de **rag**), ce qui permet à Bierce, en jouant sur le deuxième sens du mot, de prétendre qu'il est « *en haillons* » (donc à la fois habillé et nu).
10. **beside :** (préposition) *à côté, auprès de* (**beside the point** : *à côté du sujet*) ; ne pas confondre avec **besides** : (adverbe) *en outre, en plus.*
11. **altogether :** *entièrement, tout à fait, complètement.*

It had, however, broad maculations of bluish [1] black, obviously caused by extravasated [2] blood from contusions. The chest and sides looked as if they had been beaten with a bludgeon. There were dreadful [3] lacerations ; the skin was torn in strips [4] and shreds [5].

The coroner moved round to the end of the table and undid a silk handkerchief [6] which had been passed under the chin and knotted [7] on the top of the head. When the handkerchief was drawn away it exposed what had been the throat. Some of the jurors who had risen to get a better view repented [8] their curiosity and turned away their faces. Witness Harker went sick [9]. Dropping the handkerchief upon the dead man's neck the coroner stepped to an angle of the room and from a pile of clothing produced one garment [10] after another, each of which he held up a moment for inspection. All were torn, and stiff [11] with blood. The jurors did not make a closer inspection. They seemed rather uninterested. They had, in truth, seen all this before ; the only thing that was new to them being Harker's testimony.

"Gentlemen," the coroner said, "we have no more evidence [12], I think. Your duty has been already explained to you ; if there is nothing you wish to ask you may go outside and consider your verdict."

The foreman [13] rose [14] — a tall, bearded man of sixty, coarsely [15] clad.

---

1. **bluish :** *bleuté ;* formé sur **blue** : *bleu ;* même formation pour **reddish, greenish, yellowish**, etc.
2. **to extravasate :** (médical) action du sang forcé de quitter les veines pour s'infiltrer dans les tissus environnants, comme c'est le cas dans un hématome : mot formé du latin « vase » : *récipient* (en anglais : **vessel**) ; littéralement : *forcer* (un liquide) *hors de son récipient.*
3. **dreadful :** 1) *terrible, redoutable ;* 2) (ici) *affreux, épouvantable ;* construit sur **dread** : *crainte, terreur, épouvante ;* **to dread** : *craindre, redouter.*
4. **strip :** *bande, lambeau* (**comic strips** : *bandes dessinées*) ; **to strip** : *déshabiller, dévêtir, dépouiller.*
5. **shred :** *lambeau, fragment, petit morceau* (**torn to shreds**).
6. **handkerchief :** (pl. **handkerchiefs** ou **handkerchieves**)

Il était nonobstant recouvert de larges ecchymoses d'un noir bleuté, manifestement causées par le sang répandu à la suite des contusions. La poitrine et les flancs paraissaient avoir été matraqués par un gourdin. Le corps portait de terribles mutilations. La peau déchirée pendait en lambeaux.

Le coroner se rendit au bout de la table, et défit un mouchoir de soie qui avait été passé sous le menton du défunt et noué sur le dessus de sa tête. L'enlèvement du mouchoir révéla ce qui avait été la gorge de la victime. Plusieurs jurés qui s'étaient levés pour mieux voir se repentirent de leur curiosité et détournèrent leurs regards. Le témoin Harker vomit. Déposant le mouchoir sur le cou du mort, le coroner alla dans un coin de la pièce et, d'une pile de vêtements, il retira un effet après l'autre, qu'il tint chacun en l'air pendant quelques minutes à fin d'examen. Tous étaient déchirés, et raidis par le sang séché. Les jurés ne se livrèrent pas à un examen approfondi de ceux-ci. Ils semblaient plutôt indifférents. Ils avaient, en vérité, déjà vu tout cela et la seule chose qui était nouvelle pour eux était le témoignage de Harker.

— Messieurs, dit le coroner, je crois que nous n'avons pas d'autres témoignages. On vous a déjà expliqué votre devoir. Si vous n'avez aucune autre question à poser, vous pouvez vous retirer dehors et envisager votre verdict.

Le président du jury se leva. C'était un homme barbu, âgé d'une soixantaine d'années, vêtu de façon grossière.

---

de **hand** : *main,* et du vieil anglais **kerchief** : *carré de tissu* pour se couvrir la tête (du français « couvre-chef »).

7. **to knot : ⚠** le « k » n'est pas prononcé [nɔt].

8. **to repent :** *(se) repentir, regretter ;* **repentance** : *repentir ;* **repentant** : *repentant.*

9. **to go sick :** (ici) euphémisme pour *vomir.*

10. **garment :** *vêtement* (au sens générique du terme).

11. **stiff :** *raide, rigide, dur.*

12. **evidence :** 1) (ici) *preuve(s) ;* 2) *évidence, signe, marque ;* **to bear, to give evidence** : *témoigner.*

13. **foreman :** 1) *contremaître ;* 2) (ici) *président d'un jury.*

14. **to rise (I rose, risen) :** 1) (ici) *se lever, se mettre debout ;* 2) *monter, s'élever ;* 3) *se soulever, se révolter ;* ne pas confondre avec **to raise** : *lever, dresser, bâtir, élever.*

15. **coarsely :** *grossièrement, vulgairement ;* de **coarse** : *grossier, vulgaire ;* **coarseness** : *grossièreté, rudesse.*

"I shall like to ask one question, Mr. Coroner," he said. "What asylum [1] did this yer [2] last witness escape from ?"

"Mr. Harker," said the coroner gravely and tranquilly, "from what asylum did you last escape ?"

Harker flushed crimson [3] again, but said nothing, and the seven jurors rose and solemnly filed out [4] of the cabin.

"If you have done insulting me [5], sir," said Harker, as soon as he and the officer were left alone with the dead man, "I suppose I am at liberty to go [6] ?"

"Yes."

Harker started to leave, but paused, with his hand on the door latch [7]. The habit of his profession was strong in him — stronger than his sense of personal dignity. He turned about [8] and said :

"The book that you have there — I recognize it as Morgan's diary [9]. You seemed greatly interested in it ; you read in it while I was testifying. May I see it ? The public would like —"

"The book will cut no figure in this matter," replied the official, slipping [10] it into his coat pocket ; "all the entries [11] in it were made before the writer's death."

As Harker passed out [12] of the house the jury re-entered and stood about the table, on which the now covered corpse [13] showed under the sheet with sharp definition.

---

1. **asylum :** 1) *asile* (politique) ; 2) (ici) *asile psychiatrique ;* **to seek asylum :** *chercher asile.*
2. **this yer :** le président du jury s'exprime dans un anglais grammaticalement incorrect ; **yer** est l'écriture phonétique de **your** *(votre),* utilisée ici pour rendre l'accent campagnard.
3. **crimson :** *écarlate, cramoisi.*
4. **to file out :** *sortir en file indienne ;* **to file** : 1) *marcher à la file, défiler ;* 2) *classer, enregistrer ;* 3) *limer.*
5. **if you have done insulting me :** notez l'emploi de la forme en -ing.
6. **to be at liberty to :** *être libre de, à même de.*
7. **latch :** *loquet, pêne, gâche ;* **to latch** : *verrouiller ;* **latchkey child** : enfant dont les parents travaillent et qui est abandonné à lui-même pendant la journée.

— J'aimerais poser une question, M. le coroner, dit-il. De quel asile celui-là, votre dernier témoin, s'est-il échappé ?

— M. Harker, dit le coroner gravement et tranquillement, de quel asile vous êtes-vous échappé dernièrement ?

Harker devint à nouveau écarlate, mais ne répondit point, et les sept jurés se levèrent et solennellement, l'un après l'autre, sortirent de la cabane.

— Si vous avez fini de m'insulter, monsieur, dit Harker dès que l'officier et lui-même furent seuls avec le mort, je suppose que je suis libre de partir ?

— Oui.

Harker s'apprêtait à quitter la pièce quand il s'arrêta, la main sur la poignée de la porte. Les habitudes de son métier étaient fortement ancrées en lui, et plus fortes que le sens de sa dignité personnelle. Il se retourna et dit :

— Ce cahier que vous avez là, je le reconnais. C'est le journal de Morgan. Vous sembliez énormément intéressé par son contenu. Vous le lisiez pendant que je témoignais. Pourrais-je le voir ? Le public aimerait...

— Ce cahier ne saurait jouer aucun rôle dans cette affaire, répondit l'officier, le glissant dans la poche de son manteau. Toutes les inscriptions qui y figurent ont été rédigées avant la mort de leur auteur.

Comme Harker sortait de la maison, les jurés y entrèrent et se tinrent près de la table, sur laquelle le cadavre, qui était maintenant à nouveau recouvert, se profilait avec un net contour sous le drap.

---

8. **to turn about :** *se retourner brusquement ;* **a turnabout :** (en un seul mot) *retournement, revirement, volte-face* (syn. **turnaround**).
9. **diary :** 1) (ici) *journal intime ;* 2) *agenda.*
10. **to slip :** 1) (ici) *glisser, couler ;* 2) *faire une faute d'étourderie ;* 3) *lâcher, laisser échapper ;* **a slip** : 1) *une glissade ;* 2) *une faute ;* 3) *une laisse ;* 4) *un jupon* (le français « *slip* » se traduit par **briefs, panties, underpants** ; (U.S.) **shorts.**
11. **entry :** 1) *entrée ;* 2) (ici) *enregistrement, inscription, note ;* **to enter** : 1) entrer ; 2) *se faire inscrire* (concours).
12. **to pass out :** 1) *s'évanouir ;* 2) (ici) *sortir.*
13. **the now covered corpse :** m. à m. : *le cadavre maintenant couvert ;* notez la construction et l'emploi de l'adverbe **now** *(maintenant).*

The foreman seated himself near the candle, produced from his breast pocket a pencil and scrap [1] of paper and wrote rather laboriously the following verdict, which with various degrees of effort all signed :

"We, the jury, do find that the remains [2] come to their death [3] at the hands of a mountain lion, but some os us thinks [4], all the same, they [5] had fits."

Chapter IV : An explanation from the tomb

In the diary of the late Hugh Morgan [6] are certain interesting entries having, possibly, a scientific value as suggestions. At the inquest, upon his body the book was not put in evidence [7] ; possibly the coroner thought it not worth while [8] to confuse the jury. The date of the first entries mentioned cannot be ascertained [9] ; the upper part of the leaf is torn [10] away ; the part of the entry remaining follows :

"... would run in a half-circle, keeping his head turned always toward the centre [11], and again he would stand still, barking furiously. At last he ran away into the brush as fast as he could go. I thought at first that he had gone mad [12], but on returning [13] to the house found no other alteration in his manner than what was obviously due to fear of punishment.

"Can a dog see with his nose ? Do odours [14] impress some cerebral centre with images ot the thing that emitted them ?...

---

1. **scrap :** *petit morceau, bout* (**not a scrap of evidence :** *pas une seule preuve*) ; (pl. : **scraps**) *restes, déchets ;* to scrap : *mettre au rebut.*
2. **remains :** (toujours pl.) *restes, ruines* (**mortal remains :** *dépouille mortelle*).
3. **to come to one's death :** *mourir ;* notez l'emploi de to come to dans le sens d'*arriver, parvenir.*
4. **thinks :** le jury s'exprimant dans un anglais grammaticalement incorrect, l'emploi de la troisième personne du singulier est utilisé par l'auteur à fin d'emphase.
5. **they :** se réfère à **remains** ; m. à m. : *la dépouille a eu une crise ;* autre exemple de « perle » du jury.
6. **the late Hugh Morgan :** notez l'emploi de l'article.
7. **to put in evidence :** 1) *exposer à la vue de tous ;* 2) (ici) (juridique) *introduire en tant que preuve.*

Le président s'assit près de la bougie, sortit un crayon et un bout de papier de sa poche, et rédigea de façon plutôt laborieuse le verdict suivant, qui fut ensuite signé avec plus ou moins de facilité par les autres jurés :

— Nous, le jury, déclarons que le défunt, il est mort sous les griffes d'un lion de montagne, mais certains d'entre nous, ils pensent tout de même qu'il a eu une attaque.

Chapitre IV : Une explication d'outre-tombe

Dans le journal de feu Hugh Morgan figurent un certain nombre d'éléments intéressants ayant peut-être une quelconque valeur scientifique à titre de suggestion. Lors de l'enquête, quand on examina son cadavre, ce cahier ne fut pas présenté comme preuve. Peut-être même le coroner crut-il qu'il valait mieux ne pas induire les jurés en confusion. La date des premières inscriptions mentionnées ne peut être déterminée, la partie supérieure de la feuille ayant été déchirée. La partie restante de l'inscription disait :

— ... courait en demi-cercle, tournant toujours la tête vers le centre, puis il s'arrêtait de nouveau, et aboyait furieusement. Enfin, il courut vers les buissons aussi vite que possible. Je crus d'abord qu'il était devenu fou, mais quand nous revînmes à la maison, je ne discernai aucun changement dans sa conduite, autre que ce qui était visiblement attribuable à sa peur d'être puni.

« Un chien peut-il voir avec son nez ? Les odeurs impressionnent-elles quelque centre de son cerveau avec des images des choses qui les émettent ?...

---

8. **worth while :** (aujourd'hui, **worthwhile** en un seul mot) *qui en vaut la peine, qui donne satisfaction.*
9. **to ascertain :** *constater, s'assurer, se rendre compte.*
10. **to tear** ['tɛar] **(I tore, torn) :** *déchirer, arracher ;* **a tear** : *une déchirure, un accroc ;* ne pas confondre avec **a tear** ['tiər] : *une larme, un sanglot.*
11. **centre :** *centre ;* orthographe G.B. ; (U.S.) : **center.**
12. **to go mad :** *devenir fou ;* noter la construction idiomatique et l'emploi de **to go** ; même construction pour **to go hungry** : *être affamé ;* **to go broke** : *être sans argent.*
13. **on returning :** une préposition placée devant un verbe est toujours suivie de la forme en **-ing.**
14. **odour :** *odeur ;* orthographe G.B. ; (U.S.) : **odor.**

"*Sept. 2.* — Looking at the stars last night as they rose above the crest of the ridge east of [1] the house, I observed them successively disappear — from left to right. Each was eclipsed but [2] an instant, and only a few at the same time, but along the entire length [3] of the ridge all that were within a degree or two of the crest were blotted out. It was as if something had passed along between me and them ; but I could not see it, and the stars were not thick [4] enough to define its outline [5]. Ugh ! don't like this..."

Several weeks' entries are missing, three leaves being torn from the book.

"*Sept. 27.* — It has been about here again — I find evidences of its presence every day. I watched again all last night in the same cover, gun in hand, double-charged with buckshot [6]. In the morning the fresh footprints [7] were there, as before. Yet I would have sworn that I did not sleep — indeed, I hardly sleep at all. It is terrible [8], insupportable ! If these amazing [9] experiences are real I shall go mad ; if they are fanciful [10] I am mad already.

"*Oct. 3.* — I shall not go — it shall not drive me away [11]. No, this is my house, *my* land. God hates a coward [12]...

"*Oct. 5.* — I can stand it no longer [13] ; I have invited Harker to pass a few weeks with me — he has a level head [14]. I can judge from his manner if he thinks me mad.

---

1. **east of :** notez la construction de « *à l'est de* » (**East of Eden** : *A l'est d'Eden*).
2. **but :** (ici) (préposition) *sauf, excepté.*
3. **length :** *longueur, durée ;* **to lengthen** : *allonger, rallonger ;* **lengthy** : *long, étendu.*
4. **thick :** 1) (ici) *épais, dur, serré, touffu ;* 2) *bête, borné, obtus ;* **to thicken** : *épaissir ;* **thickness** : *épaisseur.*
5. **outline :** 1) (ici) *contour, profil, silhouette ;* 2) *esquisse, résumé d'histoire* (**rough outline** : *premier jet*).
6. **buckshot :** grosses *chevrotines* employées pour la chasse au chevreuil (**buck**).
7. **footprints :** *empreintes de pas ;* même construction que **fingerprints** : *empreintes digitales.*
8. **terrible :** *affreux, épouvantable.* Notez la signification négative du mot, contrairement au français courant où

— *2 sept.* La nuit dernière, j'observais les étoiles s'élever au-dessus de l'arête de la crête située à l'est de la maison, et je les ai vues disparaître successivement, de gauche à droite. Chacune éclipsée, mais seulement pendant un instant, et il n'y en avait que quelques-unes qui étaient éclipsées au même moment. Tout le long de la crête, toutes les étoiles qui se trouvaient à un ou deux degrés de l'arête furent ainsi éclipsées. C'était comme si quelque chose était passé entre elles et moi ; mais je ne pouvais rien voir, et les étoiles n'étaient pas assez denses pour délimiter le profil de la chose. Ah ! Je n'aime pas cela...

Manquent les inscriptions correspondant à plusieurs des semaines qui suivirent, trois feuilles ayant été déchirées du livre.

— *27 sept.* Elle est encore venue rôder par ici. Je trouve des preuves de sa présence chaque jour. J'ai été aux aguets de nouveau toute la nuit dernière, dans le même abri, fusil en main, les deux canons chargés de chevrotines. Au matin, les mêmes empreintes de pas fraîches étaient là, comme auparavant. Pourtant, j'aurais juré ne m'être pas endormi. En fait, je ne dors presque plus. C'est terrible, insupportable ! Si ces stupéfiantes aventures sont bien réelles, je vais devenir fou. Si elles sont le fruit de mon imagination, c'est que je suis déjà fou.

— *3 oct.* Je ne m'en irai pas. Elle ne me forcera pas à partir. Non, c'est ma maison, *ma* propriété. Dieu hait les lâches...

— *5 oct.* Je ne peux plus supporter tout cela. J'ai invité Harker à passer quelques semaines avec moi. Il a la tête sur les épaules. Je pourrai juger à sa façon de se comporter envers moi s'il me croit fou.

---

qqch. de « terrible » est qqch. de bon ou bien (on emploie alors « terrific » en anglais).

9. **to amaze :** *stupéfier, étonner ;* **amazement** : *stupéfaction ;* **Amazing Stories :** premier magazine de science fiction américain, créé en 1926 par Hugo Gernsback.

10. **fanciful :** *fantasque, capricieux, chimérique ;* formé sur **fancy** : *imagination, fantaisie.*

11. **to drive sb away :** 1) (ici) *chasser qqn ;* 2) **to drive away** : *partir en voiture.*

12. **coward** ['kauəd] : *lâche, couard ;* **cowardice** : *lâcheté.*

13. **I can stand it no longer :** ou **I can't stand it any longer.**

14. **a level head :** indique le sang-froid.

"*Oct. 7.* — I have the solution of the mystery ; it came to me last night — suddenly, as by revelation. How simple [1] — how terribly simple !

"There are sounds that we cannot hear. At either end of the scale [2] are notes that stir no chord [3] of that imperfect instrument, the human ear. They are too high or too grave. I have observed a flock [4] of blackbirds [5] occupying an entire tree-top — the tops of several trees — and all in full song. Suddenly — in a moment — at absolutely the same instant — all spring into the air and fly away. How ? They could not all see one another — whole tree-tops intervened. At no point could a leader have been visible to all. There must have been a signal of warning or command, high and shrill [6] above the din [7], but by me unheard [8]. I have observed, too, the same simultaneous flight when all were silent, among not only blackbirds, but other birds — quail, for example, widely separated by bushes — even on opposite sides of a hill.

"It is known to seamen that a school [9] of whales basking [10] or sporting [11] on the surface of the ocean, miles apart, with the convexity of the earth between, will sometimes dive [12] at the same instant — all gone out of sight in a moment. The signal has been sounded — too grave for the ear of the sailor at the masthead and his comrades on the deck — who nevertheless feel its vibrations in the ship as the stones of the cathedral are stirred by the bass of the organ [13].

---

1. **how simple :** *comme cela est simple ;* notez la construction (absence du verbe) de cette expression idiomatique.
2. **scale :** 1) (ici) *échelle* (de thermomètre, de carte géographique), *barême, gamme* (**sliding scale** : *échelle mobile*) ; 2) *plateau de balance ;* 3) *écaille.*
3. **chord :** (littéraire) *corde* d'un arc, d'un instrument de musique (en anglais usuel, **string**) ; *accord. Une corde :* **a rope ; to strike a chord** : *faire vibrer la corde sensible.*
4. **flock :** (ici) *troupeau, volée,* (au figuré) *les ouailles d'un prêtre ;* **to flock** : *s'attrouper, s'assembler.*
5. **blackbird :** plus spécifiquement, *le merle noir,* une variété d'étourneau ; en Angleterre, désigne également *la grive* (**thrush**).
6. **shrill :** *aigu, strident, perçant.*
7. **din :** *tapage, vacarme, chahut ;* mot provenant de l'an-

— *7 oct.* J'ai trouvé la solution du mystère. Cela m'est venu la nuit dernière. Soudainement, comme par une révélation. Comme c'est simple, comme c'est incroyablement simple !

Il existe des sons que nous ne pouvons pas entendre. Aux deux extrémités de l'échelle harmonique, il y a des notes qui ne font vibrer aucune des cordes de cet instrument imparfait qu'est l'oreille humaine. Elles sont trop aiguës, ou trop graves. J'ai observé une volée de merles occupant toute la cime d'un arbre — les cimes de plusieurs arbres — et chantant tous de concert. Soudain, en un moment, au même instant précis, ils s'élancent tous dans l'air et s'envolent. Comment ? Ils ne pouvaient pas tous se voir les uns les autres. Des cimes entières les en empêchaient. A aucun moment un chef n'aurait pu être visible à tous. Il faut qu'il y ait eu un signal d'alerte ou de commandement, lancé de façon haute et aiguë par-dessus le chahut, mais demeurant inaudible à mes oreilles. J'ai également observé le même envol silencieux simultané non seulement chez les merles, mais également chez d'autres oiseaux — les cailles, par exemple, largement séparées par des buissons —, même à partir des versants opposés d'une même colline.

Les marins savent qu'un banc de baleines se chauffant ou s'amusant à la surface de l'océan, à plusieurs miles de distance, séparées par la convexité de la terre, plongent parfois au même instant, disparaissant toutes en un moment. Le signal a retenti, trop grave pour être entendu par l'oreille du marin sur le mât, ou par celles de ses camarades sur le pont, mais qui perçoivent néanmoins ses vibrations dans le bateau, de la même façon que les pierres d'une cathédrale tremblent au son de la basse de l'orgue.

---

cien anglais **dyne** (même signification), lui-même probablement hérité des Vikings (**dynr** en Norvégien).

8. **by me unheard :** m. à m. : *par moi non entendu ;* notez la construction littéraire de la phrase.

9. **school :** 1) *école ;* 2) (ici) *banc de poissons.*

10. **to bask :** *se chauffer au soleil* (on dirait « *lézarder* ») ; **to bask in somebody's glory** : *jouir de la faveur de qqn.*

11. **to sport :** 1) (ici) *se divertir, s'amuser, faire du sport ;* 2) *porter, arborer, exhiber.*

12. **to dive :** *plonger ;* **a dive** : *un plongeon ;* **a diver** : *un plongeur.*

13. **organ :** 1) *organe ;* 2) (ici) *orgue.*

"As with sounds, so with colours. At each end of the solar spectrum [1] the chemist can detect the presence of what are known as 'actinic' rays [2]. They represent colours — integral colours in the composition of the light — which we are unable to discern. The human eye is an imperfect instrument ; its range [3] is but a few octaves of the real 'chromatic scale.' I am not mad ; there are colours that we cannot see.

"And, God help me ! the Damned Thing is of such a colour !"

---

1. **spectrum :** (latin) *spectre* (physique) ; *un spectre* (fantôme) se dit **spectre.**
2. **actinic ray :** on appelle aujourd'hui *rayons actiniques* toute forme de radiation, visible ou non, susceptible de causer une action photochimique, c'est-à-dire de produire des modifications dans la composition chimique des matériaux qui y sont exposés ; à l'époque de Bierce, ce domaine de la science était encore relativement inconnu, et l'auteur n'emploie donc pas ce terme avec rigueur scientifique, mais l'utilise pour décrire les fréquences du spectre lumineux invisible à l'œil humain (infrarouge, ultraviolet).
3. **range :** 1) *rangée ;* 2) (ici) *distance, étendue, portée, rayon d'action ;* 3) grand *pâturage non clôturé.*

Il en va de même avec les couleurs qu'avec les sons. A chaque extrémité du spectre solaire, le chimiste peut détecter la présence de ce qu'on appelle les rayons « actiniques ». Ceux-ci représentent des couleurs, des couleurs qui font partie de la composition de la lumière, que nous sommes incapables de discerner. L'œil humain est un instrument imparfait. Son rayon ne s'étend que sur quelques octaves de « l'échelle chromatique » réelle. Je ne suis pas fou. Il y a des couleurs que nous ne pouvons pas voir.

Et Dieu me vienne en aide ! Cette Maudite Chose est d'une telle couleur !

WILLIAM HOPE HODGSON

The Whistling Room

La chambre qui sifflait

William Hope Hodgson (1877-1918) est le fils d'un clergyman britannique. Très jeune, il quitta sa famille pour s'embarquer sur un bateau et naviguer.

De cette expérience maritime de jeunesse, il conservera un profond attachement pour toutes les choses de la mer, attachement qu'il traduira dans plusieurs recueils de nouvelles ou romans fantastiques ayant pour cadre les mystères de l'océan. Parmi les plus fameux, notons *The Boats of the Glen Carrig* (1907), *The Ghost Pirates* (1909) et *Men of the Deep Waters* (1914).

Hodgson est également l'auteur de deux romans de science-fiction, *The House on the Borderland* (1908), et *The Night Land* (1912), tous deux contant les derniers jours d'une Terre monstrueusement transformée. Ces romans sont écrits dans un style baroque et visionnaire, et forment un excellent mélange de fantastique et de science-fiction.

Le cycle des aventures de « Carnacki le Chasseur de Fantômes », auquel appartient *The Whistling Room*, comprend neuf nouvelles, rassemblées en volume en 1913, peu de temps avant la mort de Hodgson pendant la Première Guerre mondiale. Elles conservent aujourd'hui tout leur charme et classent indubitablement Hodgson parmi les grands auteurs fantastiques anglais.

Carnacki shook[1] a friendly fist[2] at me as I entered, late. Then he opened the door into the dining-room and ushered[3] the four of us — Jessop, Arkright, Taylor and myself — in to dinner.

We dined well, as usual, and equally as usual Carnacki was pretty silent during the meal. At the end we took our wine and cigars to our accustomed[4] positions and Carnacki — having got himself comfortable in his big chair — began without any preliminary :

"I have just got back from Ireland, again," he said. "And I thought you chaps[5] would be interested to hear my news. Besides, I fancy[6] I shall see the thing clearer after I have told it all out straight[7]. I must tell you this, though, at the beginning — up to the present moment I have been utterly[8] and completely 'stumped[9].' I have tumbled[10] upon one of the most peculiar[11] cases of 'haunting[12]' — or devilment[13] of some sort — that I have come against. Now listen.

"I have been spending the last few weeks at Iastrae Castle, about twenty miles North-East[14] of Galway. I got a letter about a month ago from a Mr. Sid K. Tassoc, who it seemed had bought the place lately and moved in, only to find that he had got a very peculiar piece of property.

"When I reached there he met me at the station, driving a jaunting-car[15] and drove me up to the castle, which by the way, he called a 'house-shanty[16].'

---

1. **to shake (I shook, shaken) :** *secouer, agiter ;* **to shake hands** : *serrer la main ;* **at** indique ici la menace.
2. **fist :** *poing ;* **a fistful** : *une poignée* de qqch.
3. **to usher :** *précéder, introduire, annoncer ;* **an usher** : *un huissier, un placeur ;* **an usherette** : *une ouvreuse.*
4. **to accustom :** *accoutumer, habituer ;* construit sur **a custom** : *une habitude* (⚠ **customs** : *les douanes*).
5. **chap :** (G.B.) contraction de **chapman,** synonyme **fellow** : *compagnon, ami ;* ne pas confondre avec l'américain **chaps,** utilisé dans les westerns, qui est une contraction du mexicain **chaparajo** (de **chaparro,** *maquis touffu*).
6. **to fancy :** *s'imaginer, se figurer* (**Fancy that !** *Qui l'aurait dit ?*) ; construit sur **fancy** : *imagination, fantaisie.*
7. **straight :** 1) *droit, rectiligne ;* 2) *franc, honnête, loyal ;* 3) (ici) *net, simple, direct ;* 4) *sec* (whisky).

Carnacki me menaça cordialement du poing quand j'arrivai, car j'étais en retard. Puis il ouvrit la porte de la salle à manger et nous fit entrer tous les quatre — Jessop, Arkright, Taylor et moi-même — pour dîner.

Comme d'habitude, nous fîmes un bon repas, et également, comme d'habitude, Carnacki fut plutôt silencieux pendant le dîner. Quand celui-ci eut pris fin, nous emportâmes nos liqueurs et nos cigares et nous nous installâmes à nos places habituelles, pendant que Carnacki, qui s'était assis confortablement dans son grand fauteuil, commençait à parler sans plus de préliminaires.

« Je viens juste de rentrer à nouveau d'Irlande, nous dit-il, et j'ai pensé que vous seriez curieux d'entendre les nouvelles que j'en rapporte. De plus, je crois que j'aurai une meilleure idée des faits si je reprends tout dans l'ordre. Je dois cependant vous dire tout de suite que, pour l'instant, je suis complètement et totalement « mystifié ». Je suis tombé sur l'un des cas les plus bizarres de « lieu hanté » ou de quelque autre diablerie du même genre, auquel j'aie jamais eu affaire. Maintenant, écoutez-moi.

J'ai passé ces dernières semaines au château d'Iastrae, situé à environ une trentaine de kilomètres au nord-est de Galway. Il y a à peu près un mois de cela, je reçus une lettre d'un certain M. Sid K. Tassoc. Il semblait que celui-ci eût acheté récemment une propriété, et il venait juste d'y emménager quand il découvrit, peu après, et de façon soudaine, qu'il avait acquis là une bien étrange demeure.

Quand j'arrivai sur les lieux, Tassoc m'attendait à la gare avec une petite voiture de campagne. Il me conduisit au château, qu'il appelait, en passant, sa « baraque ».

---

8. **utterly :** *complètement, absolument ;* construit sur **utter** : *complet, absolu.*
9. **to be stumped :** (familier) *« sécher », être paumé, ne plus savoir que faire.* Au criket : **to stump** : *mettre hors-jeu un batteur.*
10. **to tumble :** *tomber, culbuter, faire une chute.*
11. **peculiar :** *particulier, spécial, curieux, bizarre.*
12. **to haunt :** 1) (ici) *hanter ;* 2) *fréquenter avec assiduité.*
13. **devilment :** *diablerie* (aussi **devilry**).
14. **North-East :** *nord-est ;* notez l'emploi des majuscules.
15. **jaunt :** *excursion, sortie, promenade ;* **jaunty** : *insouciant, désinvolte.*
16. **shanty :** *hutte, cabane, baraque, bicoque* (étymologie : du français « chantier »).

I found that he was 'pigging it[1]' there with his boy brother and another American who seemed to be half-servant and half-companion. It appears that all the servants had left the place, in a body, as you might say, and now they were managing among themselves, assisted by some day-help[2].

"The three of them got together a scratch[3] feed and Tassoc told me all about the trouble whilst[4] we were at table. It is most extraordinary and different from anything that I have had to do with, though that Buzzing Case was very queer[5] too.

"Tassoc began right in the middle of his story. 'We've got a room in this shanty,' he said, 'which has got a most infernal whistling in it, sort of haunting it. The thing starts any time, you never know when, and it goes on until it frightens[6] you. It's not ordinary whistling and it isn't the wind. Wait till[7] you hear it.'

" 'We're all carrying guns,' said the boy, and slapped[8] his coat pocket.

" 'As bad as that ?' I said, and the older brother nodded. 'I may be soft[9],' he replied, 'but wait till you've heard it. Sometimes I think it's some infernal thing and the next moment I'm just as sure that someone's playing a trick[10] on us.'

" 'Why,' I asked. 'What is to be gained ?'

" 'You mean,' he said, 'that people usually have some good reason for playing tricks as elaborate as this. Well, I'll tell you.

---

1. **to pig it :** *vivre comme un cochon* (**a pig**) ; **to pig out :** *manger comme un cochon.*
2. **day-help :** personne qui vient aider pendant la journée, en général à des travaux domestiques.
3. **scratch :** 1) *coup de griffe, éraflure ;* 2) *grattement ;* 3) *point de départ, zéro* (**to start from scratch** : *partir de rien*) ; **to scratch** : *gratter ;* **scratch feed** : *grains lancés à la volaille* (**feed** : *nourriture pour animaux*).
4. **whilst :** (arch.) syn. de **while** : *tandis que, pendant que.*
5. **queer :** 1) (ici) *bizarre, étrange, singulier ;* 2) (G.B.) *homosexuel.*
6. **to frighten :** *effrayer, faire peur ;* construit sur **fright** : *peur, effroi* (plus fort que **fear**) ; **frightful** : *effroyable, épouvantable.*
7. **till :** (démodé) syn. de **until** : *jusqu'à.*

J'appris qu'il y vivait comme un sauvage, avec son frère cadet, un adolescent, et un autre Américain, qui tenait à la fois le rôle de domestique et de compagnon. Tous les autres domestiques semblaient avoir quitté leur service comme un seul homme, si je puis m'exprimer ainsi, et maintenant les trois hommes se débrouillaient seuls, avec l'aide de quelques journaliers.

Tous trois eurent vite fait d'improviser un repas sommaire, et Tassoc commença à m'exposer son problème après que nous nous fûmes attablés. C'était une histoire pour le moins extraordinaire, et totalement différente de toutes celles que j'avais déjà entendues auparavant, encore que l'Affaire du Bourdonnement eût été également très mystérieuse.

Tassoc commença son histoire au beau milieu. « Nous avons une chambre dans cette baraque, me dit-il, dans laquelle on entend un sifflement vraiment infernal, un peu comme si elle était hantée. Cela commence à n'importe quel moment, on ne sait jamais quand, et cela continue jusqu'à ce que nous soyons tous terrifiés. Ce n'est pas un sifflement ordinaire, et ce n'est pas le vent. Attendez de l'entendre vous-même. »

« Nous sommes tous armés », dit son frère cadet, en tapotant la poche de sa veste.

« Est-ce si terrible que cela ? » demandai-je. Tassoc acquiesça. « Je suis peut-être une poule mouillée », répondit-il, « mais attendez seulement de l'entendre ! Il y a des fois où je pense que c'est quelque chose venu de l'enfer, et le moment d'après, je suis tout aussi persuadé qu'il s'agit seulement d'un sale tour qu'on nous joue. »

« Pourquoi ? » insistai-je. « Qu'aurait-on à y gagner ? »

« Vous voulez dire », reprit-il, « que les gens ont, d'habitude, pour jouer des tours aussi compliqués que celui-ci, quelque bonne raison. Eh bien, je vais vous en citer une.

---

8. **to slap :** *donner une gifle, frapper avec la main ;* **a slap** : *une gifle ;* **to slap someone down** : *réprimander qqn.*
9. **soft :** *doux, mou, tendre ;* **to soften** : *adoucir.*
10. **trick :** *tour, farce ;* **to trick** : *attraper, duper ;* **trickery** : *tricherie, duperie ;* **tricky** : *rusé, astucieux.*

There's a lady in this province by the name of Miss Donnehue who's going to be my wife, this day two months[1]. She's more beautiful than they make them, and so far as I can see, I've just stuck[2] my head into an Irish hornet's[3] nest[4]. There's about a score[5] of hot young Irishmen been courting her these two years gone and now that I've come along and cut them out[6] they feel raw[7] against me. Do you begin to understand the possibilities ?'

" 'Yes,' I said. 'Perhaps I do in a vague sort of way, but I don't see how all this affects the room ?'

" 'Like this,' he said. 'When I'd fixed it up with[8] Miss Donnehue I looked out for a place and bought this little house-shanty. Afterwards I told her — one evening during dinner — that I'd decided to tie up[9] here. And then she asked me whether I wasn't afraid of the whistling room. I told her it must have been thrown in gratis, as I'd heard nothing about it. There were some of her men friends present and I saw a smile go round. I found out after a bit of questioning that several people have bought this place during the last twenty odd[10] years. And it was always on the market again, after a trial[11].

" 'Well the chaps started to bait[12] me a bit and offered to take bets after dinner that I'd not stay six months in this shanty. I looked once or twice at Miss Donnehue so as to be sure I was "getting the note" of the talkee-talkee[13], but I could see that she didn't take it as a joke at all.

---

1. **this day two months :** m. à m. : *ce jour (dans) 2 mois.*
2. **to stick (I stuck, stuck) :** 1) *piquer ;* 2) (ici) *enfoncer, mettre, planter ;* 3) *coller, attacher ;* 4) *tenir le coup.*
3. **hornet :** *frelon* (**wasp** : *guêpe ;* **bee** : *abeille*) ; construit sur horn : *corne* (et par extension *dard*).
4. **nest :** *nid ;* (ici) *guêpier ;* **nest egg** : *économies.*
5. **score :** 1) *incision, entaille ;* 2) *rayure, strie ;* 3) *score, marque, compte ;* 4) *partition musicale ;* 5) (ici) *une vingtaine* (invariable dans ce cas : **two score,** *vingtaine*).
6. **to cut someone out :** (idiom.) *éliminer qqn* d'une compétition ; construit sur **to cut** : *couper, trancher.*
7. **raw :** 1) *cru, saignant ;* 2) (ici) *à vif, irrité ;* 3) *inexpérimenté ;* 4) *brut, non raffiné.*
8. **to fix it up with sb :** (idiom.) *s'être mis d'accord avec qqn ;* to fix : *bricoler, arranger, réparer.*

Il y a dans ce pays une jeune dame dont le nom est Mlle Donnehue. Elle doit, dans deux mois, jour pour jour, devenir ma femme. Elle est tellement belle qu'il n'en existe pas d'autre comme elle. Autant que je puisse m'en rendre compte, je viens juste de fourrer mon nez dans un guêpier irlandais. Pendant ces deux dernières années, une vingtaine de jeunes et bouillants Irlandais lui ont fait une cour assidue. Maintenant que je suis arrivé et que je les ai évincés, ils sont tous montés contre moi. Commencez-vous à voir les possibilités que cela comporte ? »

« Oui », dis-je, « je crois que je commence à en avoir une vague idée, mais je ne vois pas comment tout cela est en rapport avec la chambre ? »

« De la façon suivante », dit-il. « Après m'être fiancé avec Mlle Donnehue, j'ai cherché une maison et j'ai fini par acheter cette petite « baraque ». Puis, un soir, pendant le dîner, je lui ai dit que j'avais décidé que nous vivrions ici. Alors, elle me demanda si je n'avais pas peur de la chambre qui siffle. Je lui répondis qu'elle devait être comprise dans le prix, car je n'en avais pas entendu parler. Plusieurs de ses amis masculins étaient présents, et je vis un sourire faire le tour de la salle. Je découvris, après bon nombre de questions, que plusieurs personnes avaient acheté cette propriété pendant les vingt dernières années, mais qu'elle finissait toujours par être remise en vente après une période d'essai.

» Les autres types commencèrent ensuite à m'asticoter un peu et, après le dîner, offrirent de prendre des paris sur le fait que je ne resterais pas six mois dans cette « baraque ». Je regardai une ou deux fois Mlle Donnehue afin de m'assurer que, si plaisanterie il y avait, j'étais bien dans le coup, mais je pus voir qu'elle prenait tout cela très au sérieux.

---

9. **to tie up :** (idiom.) *se fiancer, se marier ;* **to tie** : *attacher, lier.*
10. **odd :** 1) *impair ;* 2) *étrange, bizarre, dépareillé ;* 3) (ici)*à peu près, un peu plus, environ.*
11. **trial :** 1) *procès, jugement ;* 2) (ici) *essai, test ;* 3) *épreuve* (douloureuse), *peine, adversité.*
12. **to bait :** 1) *appâter, amorcer ;* 2) (ici) *harceler, tourmenter ;* **a bait** : *un appât.*
13. **talkee-talkee :** (idiom. propre au texte) on dirait : *le bla-bla-bla ;* de **to talk** : *parler, converser.*

Partly, I think, because there was a bit of a sneer [1] in the way the men were tackling [2] me and partly because she really believes there is something in this yarn [3] of the whistling room.

" 'However, after dinner I did what I could to even things up [4] with the others. I nailed [5] all their bets and screwed [6] them down good and safe. I guess some of them are going to be hard hit [7], unless I lose ; which I don't mean to. Well, there you have practically the whole yarn.'

" 'Not quite,' I told him. 'All that I know is that you have bought a castle with a room in it that is in some way "queer," and that you've been doing some betting. Also, I know that your servants have got frightened and run away. Tell me something about the whistling ?'

" 'O, that !' said Tassoc. 'That started the second night we were in. I'd had a good look round the room in the daytime, as you can understand ; for the talk up at Arlestrae — Miss Donnehue's place — had me wonder a bit. But it seems just as usual as some of the other rooms in the old wing [8] only perhaps a bit more lonesome [9] feeling. But that may be only because of the talk about it, you know.

" 'The whistling started about ten o'clock on the second night, as I said. Tom and I were in the library [10] when we heard an awfully queer whistling coming along the East Corridor — the room is in the East Wing, you know.

---

1. **sneer :** *un sourire de mépris, un ricanement, un sarcasme ;* **to sneer** : *ricaner,* etc.
2. **to tackle :** 1) *empoigner, saisir ;* 2) (ici) *s'attaquer à, aborder ;* 3) (rugby, etc.) *plaquer.*
3. **yarn :** 1) *fil* (de laine, de coton) ; 2) (ici) *histoire merveilleuse* (**to spin a yarn** : *raconter une histoire*).
4. **to even up :** *rétablir l'équilibre ;* **to even out** : *égaliser, rendre égal ;* de **even** : (adjectif) *égal, uniforme ;* ne pas confondre avec **even** : (adverbe) *même.*
5. **to nail :** 1) *clouer, clouter ;* 2) (ici, au sens figuré) : *attraper, saisir, coincer ;* **a nail** : 1) *un clou ;* 2) *un ongle.*
6. **to screw :** 1) (ici) *visser, serrer ;* 2) (argot) *baiser ;* **a screw** : *une vis ;* **a screwdriver** : *un tourne-vis.*
7. **to be hard hit :** *être durement touché ;* noter cette expression idiomatique ; **to hit** : *frapper, cogner.*

Je pense que c'était en partie à cause de l'attitude plutôt moqueuse avec laquelle les autres hommes me traitaient, mais également parce qu'elle croyait réellement qu'il y avait quelque chose de vrai dans cette fable de « chambre qui siffle ».

» Cependant, après le dîner, je fis de mon mieux pour prendre ma revanche. Je relevai le défi et couvris tous leurs paris sans qu'ils aient eu possibilité de se défiler. Je crois que certains d'entre eux auront de sérieux problèmes d'argent, à moins que je ne perde mon pari, ce dont je n'ai pas du tout l'intention. Voilà, vous connaissez maintenant pratiquement toute l'histoire ».

« Pas tout à fait », lui dis-je. « Tout ce que je sais, c'est que vous avez acheté un château dont l'une des pièces est, pour une raison ou une autre, bizarre, et que vous avez relevé quelques paris. Je sais aussi que vos domestiques ont pris peur et fui. Maintenant parlez-moi un peu de ce sifflement ? »

« Oh, cela ! » dit Tassoc. « Tout a commencé la deuxième nuit après notre arrivée. J'avais jeté un coup d'œil sérieux à la chambre en question pendant la journée, comme vous pouvez sûrement vous en douter, car les conversations d'Arlestrae — c'est la résidence de Mlle Donnehue — m'avaient rendu plus que curieux à son sujet. La chambre avait l'air tout aussi ordinaire que n'importe laquelle des autres pièces de l'ancienne aile, avec, peut-être, seulement une impression d'abandon plus prononcée. Mais, vous savez, celle-ci pouvait être aussi l'effet de tous ces racontars.

« Comme je vous le disais, le sifflement commença vers dix heures, la deuxième nuit. Tom et moi étions dans la bibliothèque quand nous entendîmes un sifflement particulièrement étrange en provenance du couloir est. La chambre est, comme vous le savez, située dans l'aile est.

---

8. **wing :** 1) *aile* (d'oiseau, d'avion, de voiture) ; 2) (ici) *aile* (de bâtiment) ; **the wings** : *les coulisses ;* 3) *aile* (d'une armée, d'un parti, d'une escadre).
9. **lonesome :** *solitaire, seul, esseulé ;* syn. : **lone, lonely** : *seul, isolé ;* **loneliness** : *solitude.*
10. **library : ▲** *bibliothèque ;* le français *« librairie »* se traduit par **bookshop**.

" 'That's the blessed[1] ghost[2] !' I said to Tom and we collared[3] the lamps off the table and went up to have a look. I tell you, even as we dug[4] along the corridor it took me a bit in the throat, it was so beastly[5] queer. It was a sort of tune in a way, but more as if a devil or some rotten thing were laughing at you and going to get round at your back. That's how it makes you feel.

" 'When we got to the door we didn't wait, but rushed[6] it open, and then I tell you the sound of the thing fairly hit me in the face. Tom said he got it the same way — sort of felt stunned and bewildered[7]. We looked all round and soon got so nervous, we just cleared out[8] and I locked the door.

" 'We came down here and had a stiff peg[9] each. Then we landed fit[10] again and began to feel we'd been nicely had. So we took sticks and went out into the grounds, thinking after all it must be some of these confounded[11] Irishmen working the ghost-trick on us. But there was not a leg stirring[12].

" 'We went back into the house and walked over[13] it and then paid another visit to the room. But we simply couldn't stand it. We fairly ran out and locked the door again. I don't know how to put into words, but I had a feeling of being up against something that was rottenly[14] dangerous.

---

1. **to bless :** *bénir, consacrer* (**God bless you !** *Dieu vous bénisse !*) ; **the Blessed :** *les Saints ;* **the whole blessed thing :** *toute cette sacrée chose.*
2. **ghost :** *fantôme ;* cf. **phantom, spectre** *(spectre),* **spirit** *(esprit),* **spook** (idiom.), **wraith** *(apparition),* **shade** *(ombre).*
3. **to collar :** *colleter, saisir, prendre au collet.*
4. **to dig (I dug, dug) :** *creuser, enfoncer, labourer.*
5. **beastly :** *bestial, brutal ;* de **beast** : *bête sauvage, animal féroce.*
6. **to rush :** *se précipiter, se ruer, se dépêcher ;* **a rush :** *une course précipitée, une ruée* (**gold rush :** *ruée vers l'or*).
7. **to bewilder :** *désorienter, dérouter, troubler.*
8. **to clear out :** 1) *vider* (qqch), *débarrasser* (un meuble), *déblayer ;* 2) (ici) *filer, déguerpir, débarrasser.*
9. **a stiff peg :** (idiom.) *un verre bien tassé ;* **a peg :** *une cheville* (en bois), *une goupille ;* **stiff :** *raide, rigide.*

» "C'est ce sacré fantôme !" dis-je à Tom. Nous empoignâmes les lampes qui étaient sur la table et montâmes pour nous rendre compte. Je dois vous avouer que j'avais une boule dans la gorge pendant que nous avancions péniblement le long du couloir, car tout cela semblait alors sinistrement bizarre. On entendait comme une espèce de mélodie, mais cela donnait surtout l'impression qu'un démon, ou quelque autre épouvantable chose, était en train de se moquer de nous, et s'apprêtait à nous attaquer par-derrière. C'est en tout cas l'effet que cela vous fait.

» Quand nous arrivâmes devant la porte, nous ne fîmes pas de pause mais l'ouvrîmes au contraire d'un grand coup. Je dois maintenant vous dire que le son de cette chose me frappa alors en plein visage. Tom me dit qu'il fut atteint de la même façon, en quelque sorte assommé et désorienté à la fois. Nous regardâmes dans tous les coins de la chambre et devînmes rapidement si inquiets que nous décampâmes sans plus attendre. Je verrouillai la porte de la chambre en sortant.

» Nous redescendîmes ici et bûmes chacun un bon verre bien tassé. Après cela, nous nous sentîmes mieux et commençâmes à croire que nous nous étions « fait avoir » de jolie façon. Du coup, nous prîmes nos cannes et sortîmes pour inspecter les alentours de la maison, pensant alors que cela pouvait être, après tout, ces maudits Irlandais qui nous faisaient le coup du fantôme. Mais il n'y avait pas un chat.

» Nous rentrâmes dans la maison, en fîmes le tour, puis revisitâmes la chambre. Mais nous ne pûmes tout simplement pas tenir le coup. Nous sortîmes en courant et, à nouveau, je verrouillai la porte. Je ne sais comment l'exprimer, mais j'avais l'impression de me trouver face à quelque chose d'extrêmement dangereux.

---

10. **fit :** *bien portant, convenable, capable.*
11. **to confound :** *déconcerter, bouleverser, troubler, semer la confusion ;* **confounded idiot !** *espèce d'idiot !*
12. **to stir :** *remuer, se mouvoir, s'agiter* (**to stir one's tea :** *remuer son thé*) ; **stir :** *mouvement, agitation, émoi.*
13. **to walk over :** la préposition **over** *(sur, dessus, par-dessus)* indique une exploration de la maison tout entière.
14. **rottenly :** *de façon pourrie, abominable ;* de **rotten :** *pourri* (**rotten weather :** *temps pourri*) ; de **to rot :** *(se) pourrir, décomposer.*

You know ! We've carried our guns ever since.

" 'Of course we had a real turn-out[1] of the room the next day and the whole house-place, and we even hunted round the grounds but there was nothing queer. And now I don't know what to think, except that the sensible[2] part of me tells me that it's some plan of these Wild Irishmen to try to take a rise[3] out of me.'

" 'Done anything since ?[4]' I asked him.

" 'Yes,' he said. 'Watched outside of the door of the room at night and chased round the grounds and sounded[5] the walls and floors of the room. We've done everything we could think of and it's beginning to get on our nerves[6], so we sent for you.'

"By this time, we had finished eating. As we rose from the table Tassoc suddenly called out : — 'Shh ! Hark[7] !'

"We were instantly silent, listening. Then I heard it, an extraordinary hooning[8] whistle, monstrous[9] and inhuman, coming from far away through corridors to my right.

" 'By God !' said Tassoc, 'and it's scarcely[10] dark yet ! Collar those candles, both of you and come along.'

"In a few moments we were all out of the door and racing up the stairs. Tassoc turned into a long corridor and we followed, shielding[11] our candles as we ran.

---

1. **turn-out :** (peut aussi s'orthographier sans trait d'union) 1) *foule, assemblée ;* 2) *participation électorale ;* 3) (ici) *nettoyage en grand* d'une pièce ; 4) (finance) *production, rendement.*

2. **sensible : ▲** *raisonnable, sensé, judicieux ;* le français « *sensible* » se traduit plutôt par **sensitive.**

3. **to take a rise out of sb :** (idiom.) *mettre en colère, exciter ;* a rise : *une montée, une levée, une crue* (*une augmentation :* a raise).

4. **done anything since ? : have you done anything since then ?**

5. **to sound :** 1) *sonner, résonner, retentir* ; 2) (ici) *sonder, ausculter ;* **a sound :** 1) *un son ;* 2) *une sonde.*

6. **to get on somebody's nerves :** (idiom.) *taper sur les nerfs.*

7. **to hark :** *prêter l'oreille, écouter* (to hark back to the

Vous savez, c'est depuis ce moment-là que nous portons des armes.

» Naturellement, le lendemain, nous mîmes la chambre sens dessus-dessous, ainsi que le reste de la maison. Nous inspectâmes aussi tous les alentours, sans rien trouver d'anormal. Maintenant, je ne sais plus que penser, sauf que mon côté raisonnable me dit que c'est un plan que ces sauvages d'Irlandais ont conçu pour me mettre hors de moi. »

« Avez-vous fait autre chose depuis ? » lui demandai-je.

« Oui », dit-il. « On a monté la garde devant la porte de la chambre chaque nuit. On a patrouillé les alentours de la maison, et sondé les murs et le plancher de la chambre. On a fait tout ce qui pouvait être fait, et maintenant, nos nerfs commencent à être à l'épreuve. C'est pourquoi nous vous avons fait venir. »

Durant tout ce temps, nous avions fini de dîner. Comme nous quittions la table, Tassoc me fit soudainement signe : « Chut ! Ecoutez ! »

Nous devînmes instantanément tous silencieux, et écoutâmes. C'est alors que j'entendis l'extraordinaire sifflement, ululant, monstrueux et inhumain, provenant de très loin, à travers les couloirs à ma droite.

« Grand Dieu ! » fit Tassoc. « Et il ne fait même pas encore nuit ! Prenez ces chandelles, et venez avec moi tous les deux. »

En un instant, nous nous précipitâmes tous hors de la pièce, et grimpâmes l'escalier quatre à quatre. Tassoc emprunta un long couloir, et nous le suivîmes en courant, protégeant la flamme de nos chandelles avec la main.

---

past : *ressasser le passé*). Ce verbe est d'un emploi littéraire ou archaïque.

8. **hoon :** quasi-onomatopée évoquant le son d'un sifflement profond, utilisée par l'auteur en substantif.

9. **monstrous :** *monstrueux ;* notez l'orthographe (absence du premier « u »).

10. **scarcely :** *à peine, guère ;* de **scarce** : *rare, peu abondant ;* **scarcity, scarceness** : *rareté.*

11. **to shield :** *protéger, faire un bouclier ;* de **shield** : *bouclier, écran protecteur.*

The sound seemed to fill all the passage as we drew near, until I had the feeling that the whole air throbbed [1] under the power of some wanton [2] Immense Force — a sense of an actual taint [3], as you might say, of monstrosity all about us.

"Tassoc unlocked the door then, giving it a push with his foot, jumped back and drew his revolver. As the door flew open the sound beat out at us with an effect impossible to explain to one who has not heard it — with a certain, horrible personal note in it, as if there in the darkness you could picture the room rocking [4] and creaking [5] in a mad, vile [6] glee [7] to its own filthy [8] piping [9] and whistling and hooning, and yet all the time aware [10] of you in particular. To stand there and listen was to be stunned [11] by Realization. It was as if someone showed you the mouth of a vast pit [12] suddenly and said, 'That's Hell.' And you *knew* that they [13] had spoken the truth. Do you get it, even a little bit ?

"I stepped a pace [14] into the room and held a candle over my head and looked quickly round. Tassoc and his brother joined me and the man came up at the back and we all held our candles high. I was deafened with the shrill [15], piping hoon of the whistling room and then, clear in my ear, something seemed to be saying to me, 'Get out of here — quick ! Quick ! *Quick* !'

---

1. **to throb :** *palpiter, battre ;* **a throb** : *une palpitation ;* **hearthrob** : *battement de cœur.*
2. **wanton :** 1) *licencieuse, impudique* (expression démodée employée pour décrire une femme) ; 2) (ici) *gratuit, sans motif* (**wanton cruelty** : *cruauté gratuite*).
3. **taint :** *corruption, infection, souillure ;* **to taint** : *infecter, corrompre, vicier.*
4. **to rock :** *bercer, balancer, secouer.*
5. **to creak :** *grincer, craquer ;* **a creak** : *un grincement, un craquement.*
6. **vile :** 1) (ici) *vil, infâme, ignoble ;* 2) *vil, sans valeur.*
7. **glee :** *joie, allégresse.*
8. **filthy :** *sale, immonde, ordurier ;* de **filth** : *saleté, ordures, immondices ;* **to talk filthy** : *dire des obscénités.*
9. **to pipe :** *jouer d'un instrument à vent, chanter d'une voix sifflante ;* **a pipe** : 1) *tuyau ;* 2) *pipe ;* 3) *chalumeau* (musical).

Le bruit semblait remplir tout le couloir tandis que nous nous rapprochions de la chambre. J'eus bientôt l'impression que l'air tout entier tremblait sous la puissance de quelque Immense Force cruelle, et le sentiment qu'une véritable « infection », si je puis employer ce mot, d'horreur se répandait tout autour de nous.

Tassoc déverrouilla la porte, la poussa du pied, recula brusquement et sortit son revolver. Comme la porte s'ouvrait toute grande, le bruit nous assomma avec un effet impossible à décrire à quelqu'un qui n'était pas là pour l'entendre. Le sifflement semblait contenir comme une horrible note personnelle. C'était comme si, là, au sein des ténèbres, l'esprit de la chambre se balançait en grinçant, exprimant une joie vile et démente au son de cet immonde sifflement, de cette stridence, de ce ululement. Et pourtant, en même temps, on avait l'impression qu'il était conscient de la présence de chacun de nous. Se tenir dans cette chambre et écouter ce bruit était comme être assommé par une Révélation. C'était comme si quelqu'un vous montrait soudainement l'orifice d'un gouffre insondable, et vous disait : « C'est l'Enfer ! » et au moment même où il vous disait cela, vous *saviez* qu'il disait la vérité. Comprenez-vous ce que je veux dire, même un tant soit peu ?

Je fis un pas dans la chambre, en tenant haut ma bougie au-dessus de ma tête, afin d'examiner rapidement les lieux. Tassoc et son frère me rejoignirent, suivis par le troisième larron. Nous tenions tous nos bougies en l'air. J'étais abasourdi par le sifflement strident et ululant de la chambre, et pourtant j'entendis quelque chose me dire clairement à l'oreille, « Sors d'ici, vite ! Vite ! *Vite !* »

---

10. **aware :** *être conscient, avoir connaissance ;* **awareness** : *conscience.*
11. **to stun :** *assommer, étourdir ;* **stunningly beautiful** : *d'une beauté à couper le souffle.*
12. **pit :** *gouffre, fosse ;* **to pit someone against sth** : *opposer qqch à qqn.*
13. **they** reprend **someone,** créature indéterminée correspondant à une pluralité de possibilités.
14. **pace :** 1) *allure, vitesse, train ;* 2) (ici) *pas ;* **to pace** : *arpenter.*
15. **shrill :** *aigu, strident, perçant ;* **shrillness** : *stridence* (syn. **strident**).

"As you chaps know, I never neglect that sort of thing. Sometimes it may be nothing but nerves, but as you will remember, it was just such a warning [1] that saved me in the 'Grey Dog' Case and in the 'Yellow Finger' Experiments, as well as other times. Well, I turned sharp [2] round the others : 'Out !' I said. 'For God's sake, *out* quick !' And in an instant I had them into the passage.

"There came an extraordinary yelling [3] scream into the hideous whistling and then, like a clap [4] of thunder, an utter silence. I slammed [5] the door, and locked it. Then, taking the key, I looked round at the others. They were pretty white and I imagine I must have looked that way too. And there we stood a moment, silent.

" 'Come down out of this and have some whisky,' said Tassoc, at last, in a voice he tried to make ordinary ; and he led [6] the way. I was the back man and I knew we all kept looking over our shoulders [7]. When we got downstairs Tassoc passed the bottle round. He took a drink himself and slapped his glass [8] on the table. Then sat down with a thud [9].

" 'That's a lovely thing to have in the house with you, isn't it !' he said. And directly afterwards : 'What on Earth [10] made you hustle [11] us all out like that, Carnacki ?'

---

1. **warning :** *avertissement ;* de **to warn** : *avertir, prévenir ;* **without warning** : *sans préavis.*

2. **sharp :** (adverbe) (syn. **sharply**) 1) *nettement ;* 2) (ici) *brusquement ;* 3) *ponctuellement ;* (adjectif) *pointu, aigu, perçant, net, précis,* etc.

3. **to yell :** *crier, hurler ;* **a yell** : *un cri perçant, un hurlement.*

4. **clap :** 1) *battement de mains, applaudissements ;* 2) (ici) *coup de tonnerre.*

5. **to slam :** *claquer une porte, lancer qqch violemment, flanquer ;* **a slam** : 1) *un claquement de porte ;* 2) (bridge) *chelem.*

6. **to lead** [li:d] **(I led, led) :** *mener, conduire, guider ;* **a lead** : *une conduite, une piste, un premier rôle ;* ne pas confondre avec **lead** [led] : *le plomb.*

7. **shoulder :** *épaule ;* **to shoulder** : *épauler, prendre sur l'épaule.*

Comme vous le savez, je ne prends jamais à la légère ce genre d'avertissement. Certes, parfois, ce sont seulement les nerfs qui vous jouent des tours, mais, comme vous vous en souvenez certainement, c'est un avertissement précisément comme celui-là qui me sauva la vie dans l'Affaire du Chien Gris et dans les Expériences du Doigt Jaune, ainsi que dans de nombreuses autres circonstances. Je me tournai alors immédiatement vers les autres et criai : « Dehors ! Pour l'amour de Dieu ! *Dehors*, vite ! » En un instant, nous fûmes dans le couloir.

Nous entendîmes alors un cri extraordinaire percer le hideux sifflement, qui fut suivi, comme pour un coup de tonnerre, par le silence le plus complet. Je claquai la porte et la verrouillai. Puis, empochant la clé, je me tournai vers mes compagnons. Leurs visages étaient livides, et je suppose que le mien devait l'être également. Nous nous tînmes là un moment, tous silencieux.

« Descendons ensemble et allons prendre un whisky », dit enfin Tassoc, d'une voix qu'il s'efforçait de garder naturelle. Il descendit le premier, et je fermai la marche, conscient que tous nous regardions derrière nous pendant que nous marchions. Quand nous fûmes arrivés au rez-de-chaussée, Tassoc fit circuler une bouteille. Après avoir fini son verre, il le reposa bruyamment sur la table, puis s'assit lourdement sur une chaise.

« C'est charmant, d'avoir un truc pareil dans sa maison, n'est-ce pas ? », dit-il. Puis il ajouta immédiatement, « Qu'est-ce qui vous a pris de nous faire sortir en cavalant de cette façon, Carnacki ? »

---

8. **glass :** 1) *verre* (matière) ; 2) (ici) *verre* (récipient) ; *glace* se traduit autrement par **ice** (eau) ou **mirror** (miroir).
9. **thud :** non onomatopique employé pour désigner *un bruit sourd ;* **to thud** : *tomber avec un bruit sourd.*
10. **What on Earth :** (litt.) *Qu'est ce qui... sur Terre ;* expression idiomatique exprimant la stupéfaction.
11. **to hustle** ['hʌsl] : *bousculer, pousser, presser ;* **hustle** : *bousculade ;* **a hustler** : *un brasseur d'affaires, un vendeur agressif.*

" 'Something seemed to be telling me to get out, *quick*,' I said. 'Sounds a bit silly[1] — superstitious, I know, but when you are meddling[2] with this sort of thing you've got to take notice of queer fancies and risk being laughed at.'

"I told him then about the 'Grey Dog' business and he nodded a lot to that. 'Of course,' I said, 'this may be nothing more than those would-be[3] rivals of yours playing some funny game, but personally, though I'm going to keep an open mind, I feel that there is something beastly and dangerous about this thing.'

"We talked for a while longer and then Tassoc suggested billiards[4], which we played in a pretty half-hearted fashion, and all the time cocking[5] an ear to the door as you might say, for sounds ; but none came, and later after coffee he suggested early bed and a thorough overhaul[6] of the room on the morrow.

"My bedroom was in the newer part of the castle and the door opened into the picture gallery. At the East end of the gallery was the entrance to the corridor of the East Wing ; this was shut off from the gallery by two old and heavy oak[7] doors which looked rather odd[8] and quaint[9] beside the more modern doors of the various rooms.

"When I reached my room I did not go to bed, but began to unpack my instrument-trunk[10], of which I had retained the key. I intended to take one or two preliminary steps[11] at once in my investigation of the extraordinary whistling.

---

1. **silly :** *sot, stupide, ridicule ;* **silliness** : (notez l'orthographe) *sottise, bêtise.*
2. **to meddle :** *se mêler de qqch ;* **a meddler** : *qqn qui se mêle de ce qui ne le regarde pas ;* **meddlesome** : *qui se mêle de tout.*
3. **would-be :** *prétendu, soi-disant.*
4. **billiards :** *jeu de billard ;* notez l'orthographe (addition du « i ») ; employé généralement au pluriel : **to play billiards** : *jouer au billard ;* mais **a billiard ball** : *une boule de billard.*
5. **to cock :** 1) (ici) *dresser les oreilles ;* 2) *armer un fusil ;* **cocky, cocksure** : *suffisant, outrecuidant.*
6. **to overhaul :** *réviser, vérifier* (en détail) ; **an overhaul** : *une révision ;* de **to haul** : *tirer, hâler.*
7. **oak** [ouk] : *chêne ;* **oaken** : *fait de chêne.*

« Quelque chose semblait vouloir me dire de sortir, et *vite* » répondis-je. « Je sais que cela a l'air plutôt stupide, voire même superstitieux, mais quand vous vous colletez avec ce genre de forces, vous apprenez à tenir compte des pressentiments même des plus bizarres, au risque que l'on se moque de vous. »

Je lui racontai alors l'Affaire du Chien Gris, et il hocha la tête en signe de compréhension durant mon récit. « Bien sûr », continuai-je, « tout cela n'est peut-être rien de plus qu'un sale tour de vos rivaux, mais pour ma part, et bien que j'entende garder un esprit ouvert en cette affaire, je crois qu'il y a quelque chose de démoniaque et de dangereux dans ce phénomène. »

Nous continuâmes notre discussion pendant un moment, puis Tassoc suggéra une partie de billard, que nous jouâmes sans que le cœur y fût réellement, et l'oreille en l'air, si je puis m'exprimer ainsi, afin de pouvoir entendre le sifflement, au cas où celui-ci reprendrait. Mais ce ne fut pas le cas et, après une tasse de café, Tassoc suggéra que nous nous couchions tous de bonne heure pour pouvoir nous livrer à un examen plus complet de la chambre le lendemain à la première heure.

Ma chambre était située dans la partie nouvellement refaite du château, et s'ouvrait sur la galerie des tableaux. A l'une des extrémités de la galerie se situait l'entrée du corridor qui donnait sur l'aile est du château. Celle-ci était fermée par une porte faite de deux lourds battants en chêne massif, qui semblaient très anciens et « rustiques », par comparaison avec le style plus « moderne » des portes des autres pièces.

Après être arrivé dans ma chambre, au lieu de me coucher, je commençai à défaire ma malle, dont j'avais conservé la clé. J'avais l'intention de prendre tout de suite quelques précautions préliminaires à mon enquête sur cet extraordinaire sifflement.

---

8. **odd :** 1) *impair ;* 2) *dépareillé, disparate ;* 3) (ici) *étrange, bizarre, singulier.*
9. **quaint :** *suranné, démodé, original, singulier ;* **quaint ideas** : *idées un peu dépassées, originales.*
10. **trunk :** 1) *tronc* (arbre) ; 2) *torse* (homme) ; 3) (ici) *malle, coffre ;* 4) (pluriel) *short, maillot de bain.*
11. **step :** 1) (ici) *pas ;* 2) *cadence, mesure ;* 3) *démarche ;* 4) *marche* (d'une échelle), *échelon, degré.*

"Presently, when the castle had settled[1] into quietness, I slipped[2] out of my room and across to the entrance of the great corridor. I opened one of the low, squat[3] doors and threw the beam[4] of my pocket search-light down the passage. It was empty and I went through the doorway and pushed-to the oak behind me. Then along the great passage-way, throwing my light before and behind and keeping my revolver handy[5].

"I had hung a 'protection belt' of garlic[6] round my neck and the smell of it seemed to fill the corridor and give me assurance ; for as you all know, it is a wonderful 'protection' against the more usual Aeiirii forms of semi-materialization by which I supposed the whistling might be produced, though at that period of my investigation I was still quite prepared to find it due[7] to some perfectly natural cause, for it is astonishing[8] the enormous number of cases that prove to have nothing abnormal in them.

"In addition to wearing the necklet I had plugged[9] my ears loosely[10] with garlic and as I did not intend to stay more than a few minutes in the room, I hoped to be safe.

"When I reached the door and put my hand into my pocket for the key I had a sudden feeling of sickening[11] funk[12]. But I was not going to back out if I could help it[13]. I unlocked the door and turned the handle[14].

---

1. **to settle :** 1) (ici) *(s)'établir, (s)'installer ;* 2) *arranger, apaiser ;* 3) *fixer, déterminer, résoudre ;* **a settlement** : *un établissement, une colonie ;* **a settler** : *un colon.*
2. **to slip :** *glisser, couler ;* **to slip on sth** : *glisser sur qqch ;* **to slip out of a room** : *se glisser hors d'une pièce ;* **to slip into a gown** : *se glisser dans une robe ;* etc.
3. **squat :** 1) *accroupi ;* 2) (ici) *ramassé, trapu, écrasé ;* **to squat** : 1) *s'accroupir ;* 2) *squatter* (occupation illégale).
4. **beam :** 1) (ici) *rayon, faisceau ;* **to beam** : *rayonner, transmettre* (sur les ondes) ; 2) *poutre, solive.*
5. **handy :** 1) *adroit* (de ses mains) ; 2) *maniable, commode, utile ;* 3) (ici) *à portée de main ;* de **hand** : *main.*
6. **garlic :** *ail ;* **clove of garlic** : *gousse d'ail.*
7. **due :** 1) *dû, échu, payable ;* 2) *dû, juste, mérité ;* 3) **due to** : (ici) *causé par, attribuable à ;* 4) **due at** : *heure d'arrivée ;* **dues** : *droits, frais, cotisation.*

Bientôt, quand tous les bruits du château se furent tus, je sortis discrètement de ma chambre et me rendis dans le grand corridor. J'ouvris l'une des petites portes basses qui en barrait l'entrée, et éclairai l'intérieur du corridor avec ma lampe de poche. Celui-ci était désert. Je passai le seuil, et refermai le battant de chêne derrière moi. Puis je m'engageai dans ce grand couloir, promenant le rayon de lumière de ma lampe autour de moi, et le revolver à portée de la main.

J'avais accroché une « ceinture de protection », faite de gousses d'ail, autour de mon cou, et son odeur paraissait remplir le corridor. La présence de celle-ci me donnait confiance car, comme vous le savez, c'est une forme de « protection » merveilleuse contre les formes les plus courantes de semi-matérialisation des Aeiirii. Je supposais, en effet, que ceux-ci pouvaient être responsables du phénomène, encore qu'à ce stade de mon enquête, je fusse tout à fait prêt à admettre que celui-ci pouvait être causé par quelque chose de tout à fait naturel. On est toujours surpris du grand nombre de cas qui se révèlent, en fin de compte, n'avoir rien de surnaturel.

En plus du collier que je portais, j'avais aussi bouché mes oreilles avec de l'ail. Comme je ne comptais pas rester dans la chambre plus de quelques minutes, j'espérais donc être en sécurité de cette façon.

Quand j'atteignis la porte de la chambre et que je mis la main dans ma poche pour en prendre la clé, j'éprouvai soudainement un sentiment de peur panique. Mais je décidai de ne pas faire marche arrière à moins d'y être forcé. Je déverrouillai la porte et tournai la poignée.

---

8. **to astonish :** *étonner, surprendre ;* **astonishment** : *étonnement, grande surprise.*
9. **to plug :** 1) (ici) *boucher, obturer ;* 2) *brancher* (une prise) ; 3) *faire de la publicité ;* **plug** : *bouchon, prise.*
10. **loosely :** m. à m. : *de façon non serrée.*
11. **to sicken :** (transitif) *rendre malade, écœurer ;* (intransitif) *tomber malade ;* de **sick** : *malade ;* **sickening** : *à vous rendre malade = écœurant, dégoûtant.*
12. **funk :** (argot) *frousse, peur bleue.*
13. **if I could help it :** *si je pouvais l'éviter.*
14. **handle :** 1) (ici) *une poignée* (de porte) ; 2) *un manche* (d'outil) ; **to handle** : *manipuler.*

Then I gave the door a sharp push with my foot, as Tassoc had done, and drew my revolver, though I did not expect to have any use for it, really.

"I shone [1] the searchlight all round the room and then stepped inside with a disgustingly horrible feeling of walking slap into a waiting Danger. I stood a few seconds, expectant [2], and nothing happened and the empty room showed bare [3] from corner to corner. And then, you know, I realized that the room was full of an abominable silence — can you understand that ? A sort of purposeful [4] silence, just as sickening as any of the filthy noises the Things have power to make. Do you remember what I told you about that 'Silent Garden' business ? Well this room had just that same *malevolent* [5] silence — the beastly quietness of a thing that is looking at you and not seeable itself, and thinks that it has got you. O, I recognized it instantly and I shipped [6] the top of my lantern so as to have light over the *whole* room.

"Then I set-to working like fury and keeping my glance [7] all about me. I sealed [8] the two windows with lengths of human hair, right across, and sealed them at every frame [9]. As I worked a queer, scarcely perceptible tenseness stole [10] into the air of the place and the silence seemed, if you can understand me, to grow more solid.

---

1. **to shine (I shone, shone) :** 1) *briller, (re)luire ;* 2) (ici) *éclairer ;* 3) *polir, cirer.*
2. **expectant :** 1) *qui est dans l'attente de qqch ;* 2) (communément) *enceinte ;* de **to expect** : *attendre.*
3. **bare** ['bear] : 1) (ici) *nu, dénudé ;* 2) *faible, limité* (**bare minimum** : *strict minimum*) ; **to bare** : *mettre à nu.*
4. **purposeful :** *prémédité, intentionnel, réfléchi ;* de **purpose** : *dessein, objet, but.*
5. **malevolent :** *malveillant ;* **malevolence** : *malveillance.*
6. **to ship :** ici syn. de **to shift** : *changer, modifier* (la position de).
7. **glance :** 1) (ici) *coup d'œil, regard ;* 2) *ricochet ;* 3) *éclat de lumière ;* **to glance** : 1) *jeter un regard ;* 2) *faire ricochet.*
8. **to seal :** *sceller, cacheter, clore ;* **a seal** : 1) *un sceau, un cachet ;* 2) *un phoque.*

Puis, je l'ouvris d'un grand coup avec mon pied, comme Tassoc l'avait fait auparavant. Je sortis mon revolver, — mais en vérité je ne pensais pas que celui-ci me serait utile en aucune façon.

Je promenai le rayon de ma lampe tout autour de la pièce. Puis je m'avançai à l'intérieur avec l'horrible et répugnant sentiment de marcher droit sur quelque péril imminent. Je me tins comme cela pendant quelques secondes, mais rien ne se produisit. La chambre, vide, semblait nue et abandonnée dans ses moindres recoins. C'est alors, voyez-vous, que je réalisai qu'elle était, en fait, pleine d'un silence abominable. Comprenez-vous ce que je veux dire ? Une espèce de silence malin, tout aussi révoltant que les bruits immondes produits par les Choses Innommables. Vous souvenez-vous de ce que je vous ai raconté dans l'Affaire du Jardin Silencieux ? Eh bien, cette chambre était baignée du même silence maléfique, du même horrible calme d'une chose qui vous regarde, tout en étant elle-même invisible, et qui sait que vous êtes en son pouvoir. Oh, j'identifiai le phénomène tout de suite et j'orientai le haut de ma lampe afin d'éclairer la *totalité* de la pièce.

Cela fait, je me mis au travail avec acharnement, tout en continuant de regarder autour de moi. Je scellai les deux fenêtres, sur toute leur longueur et pour chaque vitre, avec des cheveux humains. Pendant que je travaillais ainsi, je sentis l'accumulation dans l'air d'une certaine tension mystérieuse et quasiment imperceptible. Le silence parut devenir, si vous me suivez, encore plus pesant qu'auparavant.

---

9. **frame :** *cadre, chassis, structure, charpente ;* **to frame** : 1) *encadrer, composer, charpenter ;* 2) *monter une accusation ;* **a frame-up** : *un coup monté.*
10. **to steal (I stole, stolen) :** 1) *voler, dérober ;* 2) (ici) *entrer* ou *sortir à la dérobée ;* **stealing** : *le vol ; un vol :* **a theft** ; *un voleur :* **a thief.**

I knew then that I had no business there without 'full protection,' for I was practically certain that this was no mere Aeiirii development, but one of the worse forms as the Saiitii, that 'Grunting[1] Man' case — you know.

"I finished the window and hurried over to the great fireplace. This is a huge affair[2] and has a queer gallows-iron[3], I think they are called, projecting from the back of the arch. I sealed the opening with seven human hairs — the seventh crossing the six others.

"Then just as I was making an end[4], a low, mocking whistle grew in the room. A cold, nervous prickling[5] went up my spine[6] and round my forehead[7] from the back. The hídeous sound filled all the room with an extraordinary, grotesque parody of human whistling, too gigantic to be human — as if something gargantuan and monstrous made the sounds softly. As I stood there a last moment, pressing down the final seal, I had little doubt that I had come across one of those rare and horrible cases of the *Inanimate* reproducing the functions of the *Animate*. I made a grab[8] for my lamp and went quickly to the door, looking over my shoulder and listening for the thing that I expected. It came just as I got my hand upon the handle — a squeal[9] of incredible, malevolent anger, piercing through the low hooning of the whistling. I dashed[10] out, slamming the door and locking it.

---

1. **to grunt :** *grogner, pousser des grognements ;* **a grunt :** *un grognement.*
2. **affair :** 1) *affaire(s)* (personnel) (ex. : **to put one's affairs in order :** *mettre de l'ordre dans ses affaires*) ; 2) *liaison* (amoureuse) ; 3) (ici) *une chose importante ; les affaires* (commercial) : **business.**
3. **gallows-iron :** de **iron :** *fer ;* et de **gallows :** (souvent pl.) *potence, gibet ;* par extension un objet qui sert à suspendre qqch.
4. **to make an end :** *finir, achever.*
5. **to prickle :** *piquer, picoter, fourmiller ;* de **to prick :** *piquer, crever, percer.*
6. **spine :** 1) (ici) *épine* (dorsale), *colonne vertébrale ;* 2) *piquant, épine* (⚠ *épine de rose :* **thorn**).
7. **forehead :** (deux prononciations possibles ['fɔrid] ou

Je compris alors qu'il valait mieux ne pas s'aventurer dans cette chambre sans une « protection complète », car j'étais maintenant pratiquement certain qu'il ne s'agissait pas d'une simple manifestation des Aeiirii, mais de quelque chose de bien pire comme les Saiitii. Vous vous souvenez sans doute de l'Affaire de l'Homme Qui Grogne, n'est-ce pas ?

Je finis donc la fenêtre et me dépêchai de faire la cheminée. Celle-ci était énorme, avec de bizarres chenêts à potence — je crois que c'est le mot exact — qui s'avançaient à partir de l'arrière de la voûte. Je scellai l'ouverture avec sept cheveux, plaçant le septième en travers des six autres.

Alors, juste comme j'achevais ma besogne, j'entendis un sifflement sourd et moqueur prendre forme dans la pièce. Un frisson nerveux glacé me traversa le dos, remontant jusqu'à ma nuque. Le bruit hideux remplit la chambre comme une incroyable et grotesque parodie de sifflement humain. Mais celui-ci était trop énorme pour être vraiment humain. C'était comme si quelque chose de gigantesque et de monstrueux émettait ce son avec douceur. Comme je me tenais là, ayant presque fini ma tâche et achevant d'appuyer sur le dernier scellé, je n'eus plus de doute que je venais d'être mis en présence de l'un de ces rares cas abominables où l'*Inanimé* reproduit les fonctions de l'*Animé*. Je saisis alors ma lampe et me précipitai en courant vers la porte, regardant par-dessus mon épaule et écoutant afin de ne pas manquer la chose que j'attendais. Celle-ci se produisit juste au moment où je posai la main sur la poignée de la porte. J'entendis un cri d'une colère incroyable et démoniaque, qui perça le murmure sourd du sifflement. Je m'élançai au-dehors, claquai la porte et la verrouillai.

['fɔːhed]) *front ;* construit sur le préfixe **fore** : *antérieur, devant ;* et sur le nom **head** : *tête.*

8. **to grab :** *saisir, empoigner ;* **to make a grab** : *faire un mouvement vif de la main* visant à saisir qqch.

9. **squeal :** 1) (ici) *cri aigu, perçant ;* 2) *grincement de freins, crissement de pneus ;* **to squeal** : *pousser des cris aigus,* etc. ; mais aussi : *vendre la mèche ;* **a squealer** : *un mouchard ;* **squeal** est plus fort que **squeak**.

10. **to dash :** 1) *heurter violemment, projeter contre ;* 2) (ici) *partir en coup de vent, s'élancer ;* **dashing** : *impétueux, fougueux.*

"I leant[1] a little against the opposite wall of the corridor, feeling rather funny for it had been a hideously narrow squeak[2]... 'thyr be noe sayfetie to be gained bye gayrds of holieness when the monyster hath pow'r to speak throe woode and stoene[3].' So runs the passage in the Sigsand MS[4]. and I proved in that 'Nodding Door' business. There is no protection against this particular form of monster, except possibly for a fractional period of time ; for it can reproduce itself in or take to its purpose the very[5] protective material which you may use and has power to '*forme* wythine the pentycle[6],' though not immediately. There is, of course, the possibility of the Unknown Last Line of the Saaamaaa Ritual being uttered[7] but it is too uncertain to count upon[8] and the danger is too hideous and even then it has no power to protect for more than 'maybe fyve beats of the harte' as the Sigsand has it.

"Inside of the room there was now a constant, meditative, hooning whistling, but presently this ceased and the silence seemed worse for there is such a sense of hidden mischief[9] in a silence.

"After a little I sealed the door with crossed hairs and then cleared off[10] down the great passage and so to bed.

"For a long time I lay awake, but managed eventually to get some sleep.

---

1. **to lean** (p.t. et p.p. **leaned** ou **leant**) : *s'appuyer sur (contre), se pencher ;* **lean** : *inclinaison, penchant ;* ne pas confondre avec **lean** : *maigre, décharné, efflanqué.*
2. **squeak :** *petit cri aigu, couinement, crissement, grincement ;* to **squeak** : *couiner, grincer.*
3. **thyr be noe sayfetie... woode and stoene :** ce passage, ainsi que plusieurs autres, est censé être extrait d'un manuscrit (voir note 4 ci-dessous), rédigé en anglais moyenâgeux d'où l'orthographe.
4. **Sigsand MS. :** manuscrit créé par Hodgson et mentionné dans toutes les nouvelles ayant Carnacki pour héros ; le Manuscrit Sigsand est un peu l'équivalent du « Nécronomicon » de Lovecraft.
5. **very :** (adjectif) *vrai, véritable ;* utilisé à fins d'emphase dans le sens de : *justement, précisément ;* ne pas confondre avec l'adverbe **very** : *très.*

Je m'appuyai alors un instant contre le mur opposé du corridor, me sentant plutôt inquiet, car ce dernier cri m'avait paru horriblement étranglé... « Oncques sainctes gardes n'estoient vrayes protections, tant bien que le monstre peut malignement parler au travers de bois et de pyerre ». C'est ainsi que s'exprime le Sigsand MS. et j'ai assurément testé la validité de ce passage dans l'Affaire de la Porte Entrouverte. Il n'existe pas de protection vraiment adéquate contre cette forme particulière de monstres, excepté peut-être pendant un bref instant, car ce genre de créatures peut se transformer en, ou prendre la forme de la substance même de la matière protectrice que vous utilisez, et de plus a le pouvoir de « se *former* au-dedans du pentagramme », bien que cela ne se produise pas de façon immédiate. Il reste, bien sûr, la possibilité de prononcer la Dernière Ligne Inconnue du Rituel Saaamaaa, mais celle-ci est trop incertaine pour qu'on puisse compter dessus, et trop horriblement dangereuse de surcroît. Enfin, elle n'a le pouvoir de vous protéger tout au plus que « pendant cinq battements du cœur peut-être », selon le Sigsand.

Le sifflement qui émanait de l'intérieur de la chambre était maintenant constant, ululant, et presque méditatif. Puis, celui-ci cessa, mais le silence qui s'ensuivit me parut pire car il semblait renfermer une impression de maléfices contenus.

Après un moment, je scellai la porte avec des cheveux entrecroisés. Puis je traversai le grand corridor et allai me coucher.

Je demeurai éveillé pendant un bon moment, mais réussis finalement à m'endormir.

---

6. **pentycle = pentacle,** *pentagramme,* figure magique en forme d'étoile à cinq branches.
7. **to utter :** *pousser un cri, proférer une parole ;* ne pas confondre avec **utter** : *complet, absolu,* d'où **utterly** : *complètement, absolument ;* voir également note 8, page 99.
8. **to count upon :** *compter sur ;* on aurait pu également employer **on**.
9. **mischief :** *malice, méchanceté, mal ;* **mischievous** : *malicieux, méchant.*
10. **to clear off :** *filer, déguerpir.*

Yet, about two o'clock I was waked [1] by the hooning whistling of the room coming to me, even through the closed doors. The sound was tremendous [2] and seemed to beat through the whole house with a presiding sense of terror. As if (I remembered thinking) some monstrous giant had been holding mad carnival with itself at the end of that great passage.

"I got up and sat on the edge of the bed, wondering whether to go along and have a look at the seal and suddenly there came a thump [3] on my door and Tassoc walked in with his dressing-gown [4] over his pyjamas [5].

" 'I thought it would have waked you so I came along to have a talk,' he said. '*I* can't sleep. Beautiful ! Isn't it ?'

" 'Extraordinary !' I said, and tossed [6] him my case [7].

"He lit a cigarette and we sat and talked for about an hour, and all the time that noise went on down at the end of the big corridor.

"Suddenly Tassoc stood up :

" 'Let's take our guns and go examine the brute [8],' he said, and turned towards the door.

" 'No !' I said. 'By Jove [9] — *No !* I can't say anything definite yet but I believe that room is about as dangerous as it well can be.'

" 'Haunted — *really* haunted ?' he asked, keenly [10] and without any of his frequent banter [11].

---

1. **to wake :** (archaïque — on dirait plutôt **to awaken**) (p.t. **woke** ou **waked** ; p.p. **woke, waked** ou **woken**) *veiller, réveiller ;* **a wake** : *une veillée de corps.*
2. **tremendous :** 1) *terrible, épouvantable ;* 2) (ici) *énorme, immense, formidable.*
3. **thump :** nom onomatopique employé pour désigner un *coup sourd ;* **to thump** : *bourrer de coups, cogner.*
4. **dressing-gown :** *robe de chambre ;* de **gown** : *robe, toge.*
5. **pyjamas :** peut également s'orthographier **pajamas** (U.S.).
6. **to toss :** 1) (ici) *lancer, jeter ;* 2) *remuer, agiter ;* **a toss-up** : *un coup de pile ou face.*
7. **case :** 1) *cas* (juridique), *affaire ;* 2) (ici) *étui, enveloppe, écrin, vitrine, caisse ;* 3) *cas* (**in case** : *au cas où*). ▲ la prononciation [keis] (« s » et non « z »).

Vers deux heures du matin, à nouveau, je fus éveillé par le sifflement ululant de la chambre, qui parvenait jusqu'à moi en dépit des portes fermées. Le son en était incroyablement fort et résonnait à travers toute la maison, suscitant un profond sentiment de terreur. C'était comme si (je me souviens de l'avoir alors pensé) un monstrueux géant donnait une fête folle au bout du grand corridor.

Je me levai et m'assis au bord du lit, me demandant si je devais retourner à la chambre pour examiner l'état des scellés, quand soudain, j'entendis un grand coup frappé à ma porte. Tassoc entra, une robe de chambre enfilée par-dessus son pyjama.

« Je pensais bien que ce vacarme vous aurait réveillé, aussi je suis venu pour qu'on discute un peu », me dit-il. « Pour ma part, je n'arrive pas à dormir. Remarquable, n'est-ce-pas ? »

« Extraordinaire ! » acquiesçai-je, en lui passant mon étui à cigarettes.

Il alluma une cigarette et s'assit. Nous parlâmes pendant environ une heure et, durant tout ce temps, le vacarme continua à l'autre extrémité du grand corridor.

Soudain, Tassoc se leva et dit :

« Prenons nos fusils et allons examiner la bête ». Il marcha vers la porte.

« Non ! » m'exclamai-je. « Grand Dieu, *Non* ! Je ne peux pas encore me prononcer de façon définitive, mais je crois que cette chambre est aussi dangereuse qu'on peut l'imaginer.

« Vous voulez dire, hantée ? *Réellement* hantée ? » me demanda-t-il de façon pénétrante, et sans ses railleries habituelles.

---

8. **brute :** *brute, bête féroce ;* **brute force :** *la force brutale ;* **brutish** : *bestial.*
9. **By Jove :** *Par Jupiter ;* exclamation idiomatique désuète.
10. **keen :** 1) (ici) *pénétrant, perçant, vif ;* 2) *ardent, assidu, zélé ;* 3) *affilé, aiguisé.*
11. **banter :** *badinage, raillerie ;* **to banter** : *badiner, railler.*

"I told him, of course, that I could not say a definitive *yes* or *no* to such a question, but that I hoped to be able to make a statement soon. Then I gave him a little lecture [1] on the False Re-Materialization of the Animate-Force through the Inanimate-Inert. He began to understand the particular way in which the room might be dangerous, if it were [2] really the subject of a manifestation [3].

"About an hour later the whistling ceased quite suddenly and Tassoc went off again to bed. I went back to mine also, and eventually [4] got another spell [5] of sleep.

"In the morning I walked along to the room. I found the seals on the door intact. Then I went in. The window seals and the hair were all right, but the seventh hair across the great fireplace was broken. This set me thinking [6]. I knew that it might, very possibly have snapped [7], through my having tensioned [8] it too highly ; but then, again, it might have been broken by something else. Yet it was scarcely possible that a man, for instance [9], could have passed between the six unbroken hairs for no one would have noticed [10] them, entering the room that way, you see ; but just walked through them, ignorant of their very existence.

"I removed [11] the other hairs and the seals. Then I looked up the chimney. It went up straight and I could see blue sky at the top.

---

1. **lecture :** *conférence, cours, sermon, semonce ;* to lecture : *donner une conférence,* etc.
2. **if it were :** notez l'emploi du subjonctif du verbe **to be** : *être.*
3. **manifestation :** *manifestation* (au sens : *phénomène*) ; *une manifestation politique :* **a demonstration.**
4. **eventually : ▲** qui signifie *finalement ; éventuellement* se dira **possibly.**
5. **spell :** 1) *charme, incantation, maléfice ;* 2) (ici) *période, temps ;* 3) *tour, relai, relève ;* **a spell of dry weather** : *une période de sécheresse ;* ne pas confondre avec **spelling** : *orthographe.*
6. **to set sb thinking :** *faire réfléchir.*

Je lui répondis bien sûr qu'il était trop tôt pour trancher une telle question par *oui* ou par *non*, mais que j'avais bon espoir d'arriver bientôt à une conclusion. Ensuite, je lui fis un petit cours sur les Fausses Re-Matérialisations des Forces Animées dans des Milieux Inanimés ou Inertes. Il commença alors à comprendre pourquoi et comment la chambre pouvait être dangereuse si elle était réellement le théâtre d'une manifestation de ce type.

Environ une heure plus tard, le sifflement cessa, et Tassoc retourna se coucher. Je fis de même et réussis enfin à m'endormir pour de bon.

Au matin, je retournai à la chambre. Je découvris que les scellés que j'avais placés sur la porte étaient intacts. Je pénétrai alors dans la pièce. Les cheveux des scellés des fenêtres étaient également intacts, mais le septième cheveu, que j'avais placé au travers de la grande cheminée, était cassé. Cela me donna à penser. Je savais qu'il était fort possible qu'il se soit juste rompu de lui-même, parce que je l'avais tendu trop fortement. Mais il était également possible qu'il ait été cassé par quelque chose d'autre. Il était difficilement possible d'imaginer qu'un homme, par exemple, ait pu passer entre les six cheveux et les laisser intacts. Personne, en effet, n'aurait pu les remarquer en entrant dans la pièce. Et si quelqu'un était entré, il leur aurait simplement marché dessus, ignorant totalement leur présence.

J'enlevai les autres cheveux et les scellés. Puis, je regardai dans la cheminée. Celle-ci était droite et je pouvais distinguer un carré de ciel bleu tout en haut.

---

7. **to snap :** 1) *chercher à mordre, à happer ;* 2) *faire un bruit sec, claquer ;* 3) (ici) *se rompre, se casser net ;* **snappy** : 1) *hargneux* (un chien) ; 2) *rapide, prompt.*

8. **to tension :** verbe, du nom **tension** : 1) (ici) *tension* (d'une corde, d'un ressort), *force musculaire, force élastique ;* 2) *tension* (voltage).

9. **for instance :** syn. de **for example.**

10. **to notice :** *observer, remarquer ;* **a notice** : *un avis, une affiche, une notification ;* **to give notice** : 1) *donner congé, renvoyer ;* 2) *donner un préavis, prévenir.*

11. **to remove :** *enlever, ôter, déplacer, éloigner ;* de **to move** : *bouger ;* **removal** : *enlèvement, suppression.*

It was a big, open flue [1] and free from any suggestion of hiding places or corners. Yet, of course, I did not trust to any such casual [2] examination and after breakfast I put on my overalls [3] and climbed to the very top, sounding all the way, but I found nothing.

"Then I came down and went over the whole of the room — floor, ceiling and the walls, mapping [4] them out in six-inch squares and sounding with both hammer and probe [5]. But there was nothing unusual.

"Afterwards I made a three-weeks' search of the whole castle in the same thorough [6] way, but found nothing. I went even further then for a night, when the whistling commenced I made a microphone test. You see, if the whistling were mechanically produced this test would have made evident to me the working of the machinery if there were any such concealed [7] within the walls. It certainly was an up-to-date method of examination, as you must allow [8].

"Of course I did not think that any of Tassoc's rivals had fixed up [9] any mechanical contrivance [10], but I thought it just possible that there had been some such thing for producing the whistling made away back in the years, perhaps with the intention of giving the room a reputation that would insure its being free of inquisitive folk [11]. You see what I mean ? Well of course it was just possible, if this were the case, that someone knew the secret of the machinery and was utilizing the knowledge to play this devil of a prank [12] on Tassoc.

---

1. **flue :** 1) (ici) *tuyau de cheminée ;* 2) *bouche de tuyau d'orgue ;* **flue stop** : *jeu de flûte.*
2. **casual :** 1) *fortuit, accidentel ;* 2) (ici) *superficiel, informel ;* **casualty** : *victime d'un accident.*
3. **overalls :** (nom pl.) *bleu de travail, salopette ;* **overall** : (adjectif) *tout, total.*
4. **to map :** *dresser une carte, un plan ;* **a map** : *une carte* (géographique) ; *une carte* (à jouer, postale) : **a card.**
5. **probe :** 1) (ici) *sonde ;* 2) *enquête, sondage ;* **to probe** : *sonder, enquêter, explorer ;* **a probation** : *une épreuve, un stage, régime de liberté surveillée.*
6. **thorough** ['θʌrə] : *minutieux, consciencieux, à fond ;* **thoroughness** : *perfection, minutie.*
7. **to conceal :** *cacher, dissimuler, masquer* (syn. **to hide**) ;

C'était un conduit large et ouvert, sans aucune possibilité de cachette ou de recoin. Naturellement, je ne me fiai cependant pas à un tel examen superficiel. Après avoir pris mon petit déjeuner, j'enfilai une combinaison et fis l'ascension de la cheminée jusqu'au toit en la sondant de haut en bas, mais sans rien découvrir.

Puis, après être redescendu, je me livrai à un examen détaillé de la chambre, plancher, plafond et murs, les divisant en régions de six pieds carrés, et testant chacune d'entre elles avec un marteau et une sonde. Mais je ne découvris rien d'inhabituel.

Plus tard, pendant trois semaines, je me livrai au même examen détaillé du château dans sa totalité, mais ne trouvai rien d'anormal. J'allai même plus loin car, une nuit, quand le sifflement recommença, je procédai au test du microphone. Cela veut dire que si le sifflement avait été produit par un mécanisme quelconque, ce test m'aurait permis d'en identifier le fonctionnement, en supposant qu'il ait existé un tel mécanisme, et qu'il eût été dissimulé dans l'un des murs. C'est une méthode d'examen moderne, vous en conviendrez.

Naturellement, je ne croyais pas que l'un des rivaux de Tassoc eût bricolé une mécanique de ce genre. Mais je pensais qu'il pouvait quand même être possible qu'il y ait eu autrefois une invention de ce type, destinée à produire un sifflement pareil. Celle-ci pouvait avoir été construite il y avait fort longtemps avec, peut-être, l'intention de créer une réputation qui écarterait de la chambre tous les gens trop curieux. Vous voyez ce que je veux dire ? Si une telle invention existait, il était alors tout à fait possible de présumer que quelqu'un, qui en avait découvert le secret, l'utilisait pour jouer une farce diabolique à Tassoc.

---

concealment : *dissimulation, déguisement.*

8. **to allow :** *permettre, autoriser, allouer, tenir compte de ;* **an allowance** : *une pension.*

9. **to fix up :** 1) (ici) *réparer, retaper, rénover ;* 2) *arranger une affaire.*

10. **contrivance :** 1) (ici) *engin, appareil, dispositif ;* 2) *invention, ingéniosité ;* **to contrive** : *inventer, concevoir.*

11. **folk** [fouk], le « l » n'est pas prononcé : 1) *les gens, une certaine catégorie de gens ;* 2) *la famille* (pl. **folks**).

12. **prank :** 1) (ici) *tour, farce, espièglerie ;* 2) *escapade, frasque, fredaine ;* **a prankster** : *un farceur.*

The microphone test of the walls would certainly have made this known to me, as I have said, but there was nothing of the sort in the castle so that I had practically no doubt at all now but that it was a genuine [1] case of what is popularly termed [2] 'haunting.'

"All this time, every night, and sometimes most of each night the hooning whistling of the Room was intolerable. It was as if an Intelligence there knew what steps were being taken against it and piped and hooned in a sort of mad, mocking contempt [3]. I tell you, it was as extraordinary as it was horrible. Time after time I went along — tiptoeing [4] noiselessly on stockinged [5] feet — to the sealed floor (for I always kept the Room sealed). I went at all hours of the night and often the whistling inside would seem to change to a brutally jeering [6] note, as though the half-animate monster saw me plainly [7] through the shut door. And all the times as I would stand, watching, the hooning of the whistling would seem to fill the whole corridor so that I used to feel a precious [8] lonely chap messing about [9] there with one of Hell's mysteries. "And every morning I would enter the room and examine the different hairs and seals. You see, after the first week, I had stretched [10] parallel hairs all along the walls of the room and along the ceiling, but over the floor which was of polished stone I had set out little colourless wafers [11], tacky-side [12] uppermost [13].

---

1. **genuine :** *authentique, véritable, sérieux ;* **genuineness** : *authenticité.*
2. **to term :** *appeler, désigner ;* **a term** : 1) *un terme, une fin, une limite ;* 2) *un terme, une clause.*
3. **contempt :** *mépris, dédain ;* **contempt of court** : *outrage à magistrat ;* **contemptible** : *méprisable ;* **contemptuous** : *méprisant.*
4. **to tiptoe :** *marcher sur la pointe* **(tip)** *des pieds* **(toe** : *doigt de pied).*
5. **stockinged :** *sans chaussures ;* de **stocking** : *bas.*
6. **to jeer :** *se moquer de, railler, huer, conspuer ;* **a jeer** : *une raillerie, une huée.*
7. **plainly :** *distinctement, nettement, clairement ;* de **plain** : *simple, clair, évident, distinct.*
8. **precious :** 1) (adjectif) *précieux ;* 2) (ici) (adverbe) *guère, peu* **(precious little hope** : *peu d'espoir).*.

Comme je vous le disais, le test du microphone sur les murs m'aurait certainement permis d'élucider cette question, mais je ne découvris rien de cette nature dans le château. J'en déduisis donc, sans pratiquement l'ombre d'un doute, que je me trouvais en face d'un cas réel de ce qu'on appelle populairement un « lieu hanté ».

Pendant tout le temps de mon exploration, chaque nuit, et souvent pendant la presque totalité de la nuit, le sifflement strident de la chambre continua, de façon intolérable. C'était comme si l'Esprit qui l'habitait savait quelles précautions nous étions en train de prendre contre lui, et il sifflait et ululait pour marquer son mépris fou et moqueur. Je vous dis que c'était à la fois extraordinaire et horrible. Plusieurs fois, je me rendis sur la pointe des pieds et en chaussettes jusqu'à la chambre close pour m'assurer qu'elle était toujours scellée. J'y allais à toute heure de la nuit et, souvent, le sifflement était tel qu'il semblait alors se transformer en une note d'un sarcasme brutal, comme si le monstre à demi inanimé pouvait me voir clairement à travers la porte fermée. Et pendant tout le temps où je me tenais là, aux aguets, le sifflement hurlant de la chambre remplissait le corridor tout entier. Je me sentais alors terriblement seul, face à face avec l'un des mystères de l'Enfer.

Chaque matin, je pénétrais dans la chambre pour examiner l'état des différents cheveux et scellés. Je dois vous dire qu'après la première semaine, j'avais disposé une rangée parallèle de cheveux tout le long des murs et du plafond de la chambre. Sur le sol de pierre polie, j'avais disposé de petites hosties incolores, côté collant vers le haut.

---

9. **to mess about :** (aussi **to mess around**) *déranger, semer la confusion ;* de **to mess** : *salir, souiller.*
10. **to stretch :** *étirer, tendre, s'étendre ;* de **a stretch** : *un écart, une étendue ;* **a stretch band** : *un élastique.*
11. **wafer :** 1) *gaufrette ;* 2) (ici) *hostie ;* 3) (juridique) *cachet de papier rouge.*
12. **tacky-side :** expression employée ici pour désigner le *côté* ou la *face* **(side)** de l'hostie recouvert d'un léger vernis ; **tacky** : 1) *collant, verni ;* 2) (U.S.) *minable, mal fagoté.*
13. **uppermost :** 1) (adjectif) *le plus haut, le plus élevé ;* 2) (ici) (adverbe) *en dessus, au-dessus, tourné vers le ciel.*

Each wafer was numbered and they were arranged after a definite plan so that I should be able to trace the exact movements of any living thing that went across.

"You will see that no material being [1] or creature could possibly have entered that room without leaving many signs to tell me about it. But nothing was ever disturbed [2] and I began to think that I should have to risk an attempt [3] to stay a night in the room in the Electric Pentacle. Mind you [4], I *knew* that it would be a crazy thing to do, but I was getting stumped and ready to try anything.

"Once, about midnight, I did break the seal on the door and have a quick look in, but I tell you, the whole Room gave one mad yell [5] and seemed to come towards me in a great belly [6] of shadows as if the walls had bellied in towards me. Of course, that must have been fancy. Anyway, the yell was sufficient, and I slammed the door and locked it, feeling a bit weak down my spine. I wonder whether you know the feeling.

"And then when I got to that state of readiness for anything I made what, at first, I thought was something of a discovery :

" 'Twas [7] about one in the morning and I was walking slowly round the castle, keeping in the soft grass. I had come under the shadow [8] of the East Front and far above me I could hear the vile [9], hooning whistling of the Room up in the darkness of the unlit [10] wing. Then suddenly, a little in front of me, I heard a man's voice speaking low, but evidently in glee :

---

1. **being :** utilisé ici en tant que nom substantif : *un être* (**a human being** : *un être humain*).
2. **to disturb :** *déranger, perturber ;* **a disturbance** : *un dérangement, une perturbation.*
3. **attempt :** *tentative, essai, effort ;* **to attempt** : *essayer, tenter.*
4. **mind you :** expression idiomatique équivalant à notre : « *Notez bien...* » ; de **to mind** : *faire attention, surveiller, remarquer.*
5. **yell :** *hurlement, cri aigu ;* **to yell** : *crier, hurler.*
6. **belly :** *ventre, panse, bedaine ;* **belly dancing** : *danse*

Toutes les hosties étaient numérotées, et je les avais arrangées selon un plan précis qui me permettait de déterminer les mouvements exacts de n'importe quelle chose vivante qui aurait traversé la chambre.

Je puis donc vous assurer qu'aucun être matériel ou créature n'aurait pu entrer dans la chambre sans laisser derrière lui des signes révélateurs. Mais je ne trouvai jamais rien de dérangé, et je commençai à croire qu'il fallait que je prenne le risque de passer une nuit dans la chambre, à l'intérieur d'un Pentagramme Electrique. Notez bien que je *savais* que c'était là un acte insensé, mais je n'étais arrivé à rien et j'étais prêt à tout tenter.

Une fois, vers environ minuit, je rompis les scellés de la porte et jetai un bref coup d'œil dans la chambre. Mais je dois vous dire qu'elle poussa alors un cri véhément de rage ; une énorme panse de ténèbres parut s'avancer vers moi, comme si les murs s'étaient gonflés pour la propulser dans ma direction. Bien sûr, cela devait être l'effet de mon imagination. De toute façon, le cri me suffit ; je claquai la porte et la verrouillai, me sentant un peu les jambes en coton. Je ne sais pas si vous êtes familier de cette sensation.

Comme j'arrivais alors au point où j'étais prêt à tout, je fis ce que je crus d'abord être une découverte importante.

Il était environ une heure du matin. Je faisais lentement le tour du château, arpentant l'herbe grasse des pelouses. J'étais arrivé dans l'ombre de l'aile est et, tout au-dessus de moi, dans les ténèbres du bâtiment obscur, je pouvais entendre le vil sifflement strident de la chambre. Soudain, pas très loin devant moi, j'entendis la voix d'un homme qui parlait bas, mais s'exprimait avec joie.

---

du ventre ; **belly button** : *nombril.* Le mot usuel pour désigner le *ventre* est **stomach.**

7. **'Twas :** contraction poétique employée pour **It was** (*il était*) ; exemple : **Twas the night before Christmas when all through the house / Not a creature was stirring, not even a mouse...** : deux premiers vers d'un célèbre poème de Clement C. Moore sur la nuit de Noël.

8. **shadow :** *ombre, obscurité ;* **to shadow** : 1) *faire de l'ombre ;* 2) *filer, suivre.*

9. **vile :** *vil, bas, infâme, ignoble ; sans valeur ;* **vileness** : *bassesse.*

10. **unlit :** *obscur ;* de **to light (I lit, lit)** : *éclairer, allumer une lampe ;* **a light** : *une lumière.*

" 'By George ! You Chaps[1], but I wouldn't care to bring a wife home to that !' it said, in the tone of the cultured Irish.

"Someone started to reply, but there came a sharp exclamation and then a rush and I heard footsteps running in all directions. Evidently the men had spotted[2] me.

"For a few seconds I stood there feeling an axful ass[3]. After all, *they* were at the bottom[4] of the haunting ! Do you see what a big fool[5] it made me seem ? I had no doubt but that they were some of Tassoc's rivals and here I had been feeling in every bone[6] that I had hit a genuine Case ! And then, you know, there came the memory of hundreds of details that made me just as much in doubt again. Anyway, whether it was natural or ab-natural[7], there was a great deal[8] yet to be cleared up.

"I told Tassoc next morning what I had discovered and through the whole of every night for five nights we kept a close watch[9] round the East Wing, but there was never a sign of anyone prowling[10] about and all this time, almost from evening to dawn, that grotesque whistling would hoon incredibly, far above us in the darkness.

"On the morning after the fifth night I received a wire[11] from here which brought me home by the next boat.

---

1. **You Chaps :** signifie **I don't know about you chaps.**
2. **to spot :** 1) *tacher, souiller ;* 2) (ici) *repérer, apercevoir ;* 3) *marquer, centrer ;* **a spot :** 1) *une tache, une souillure ;* 2) *un endroit, un lieu ;* 3) *un pois une goutte.*
3. **ass :** 1) *âne ;* 2) (ici) (sens figuré du précédent) *idiot, imbécile ;* 3) (vulgaire) *cul.*
4. **bottom :** 1) (ici) *bas, fond, dessous ;* 2) *derrière* (d'une personne) ; 3) *cale* (d'un navire).
5. **fool :** 1) (ici) *imbécile, idiot, crétin ;* 2) *bouffon, fou* (du roi) ; *un fou* (insensé) : **madman, lunatic** ; *être fou :* **to be mad, to be insane.**
6. **bone :** *os, arête* (de poisson) ; **I feel it in my bones :** *j'en ai le pressentiment.*
7. **ab-natural :** plus fort — et fait plus savant — que la forme usuelle **unnatural.**

« Par saint George ! Je ne sais pas ce que vous en pensez mais, pour ma part, je ne voudrais pas amener ma femme dans une maison comme celle-ci ! » Cela fut dit avec l'accent d'un Irlandais cultivé.

Quelqu'un d'autre allait répondre quand j'entendis une exclamation étouffée, suivie d'un bruit de course précipitée et des pas qui s'éloignaient dans plusieurs directions différentes. De toute évidence, les hommes m'avaient aperçu.

Pendant quelques secondes, je me tins là, avec l'horrible impression d'avoir été un sacré imbécile. Après tout ce que j'avais dit, c'étaient *eux* qui « hantaient » les lieux ! Imaginez-vous comme je pouvais avoir l'air stupide et idiot ! Je n'avais aucun doute que ces hommes étaient parmi les rivaux de Tassoc. Et dire que j'avais cru sentir au plus profond de moi-même que je venais de mettre la main sur une véritable Affaire ! Puis, toute une foule de détails me revinrent en mémoire, et me firent douter à nouveau. De toute façon, que la solution du mystère fût naturelle ou surnaturelle, il y avait encore beaucoup de choses à expliquer.

Le lendemain matin, je racontai à Tassoc ce que j'avais découvert et, chaque nuit pendant les cinq nuits qui suivirent, nous montâmes la garde le long de l'aile est. Mais nous ne vîmes aucun rôdeur pendant tout ce temps-là, bien que le ululement grotesque de la chambre se fît entendre constamment, du crépuscule à l'aube, au-dessus de nous, dans les ténèbres, et incroyablement fort.

Au matin du sixième jour, je reçus un télégramme de Londres qui me fit revenir ici par le premier bateau.

---

8. **deal :** 1) *affaire, marche, transaction ;* 2) (cartes) *donne, main ;* 3) (ici) *beaucoup* **(I think a great deal of him** : *je l'estime beaucoup).*
9. **watch :** 1) *montre ;* 2) (ici) *veille, surveillance ;* 3) (milit.) *garde, guet, quart ;* **a watcher** : *un gardien.*
10. **to prowl** [praul] : *rôder ;* **a prowler** : *un rôdeur.*
11. **wire :**1) *fil, câble ;* 2) (ici) *télégramme ;* **barbed wire** : *fil de fer barbelé ;* **to wire** : 1) *tendre un fil, câbler ;* 2) *envoyer un télégramme.*

I explained to Tassoc that I was simply bound[1] to come away for a few days, but told him to keep up the watch round the castle. One thing I was very careful to do and that was to make him absolutely promise never to go into the Room between sunset[2] and sunrise[3]. I made it clear to him that we knew nothing definite[4] yet, one way or the other, and if the room were what I had first thought it to be, it might be a lot better for him to die first than enter it after dark[5].

"When I got here and I had finished my business I thought you chaps would be interested and I also wanted to get it all spread[6] out clear in my mind, so I rang[7] you up. I am going over again tomorrow and when I get back I ought to have something pretty extraordinary to tell you. By the way, I tried to get a phonographic record of the whistling, but it simply produced no impression on the wax[8] at all. That is one of the things that has made me feel queer[9].

"Another extraordinary thing is that the microphone will not magnify the sound — will not even transmit it, seems to take no account of it and acts as if it were nonexistent. I am absolutely and utterly stumped up to the present. I am a wee[10] bit curious to see whether any of you dear clever[11] heads can make daylight of it[12]. I cannot — not yet.

"Good night, all," he said, and began to usher us out abruptly, but without offence[13], into the night.

***

---

1. **to bind (I bound, bound) :** 1) *attacher, lier ;* 2) *bander, panser ;* 3) (ici) *astreindre, obliger ;* **a binding agreement** : *un engagement irrévocable.*
2. **sunset :** *coucher du soleil, crépuscule ;* syn. **sundown.**
3. **sunrise :** *aube ;* syn. **dawn, daybreak.**
4. **definite :** *défini, bien déterminé ; définitif :* **définitive.**
5. **dark :** *ténèbres, obscurité.*
6. **to spread :** *(s')étendre, tendre, (se) déployer, (s')étaler.*
7. **to ring (I rang, rung) :** 1) *sonner, résonner ;* 2) (ici) *téléphoner ;* **a ring** : *une sonnerie, un coup de fil.*
8. **wax :** *cire ;* **to wax** : *cirer ;* **waxen** ou **waxy** : *de cire.*
9. **to feel queer :** *se sentir tout drôle, avoir une curieuse sensation.*
10. **wee :** *tout petit, minuscule.*

J'expliquai à Tassoc que j'étais tout simplement obligé de m'en aller pour quelques jours, et lui dis de continuer à monter la garde autour du château. Il y avait une autre chose que je pris la précaution de faire. C'était d'exiger de lui la promesse absolue de ne jamais mettre le pied dans la chambre entre le coucher et le lever du soleil. Je lui expliquai clairement que nous ne savions encore rien de définitif, d'une façon ou d'une autre, mais que si la chambre était ce que je la croyais être au début, il valait mieux pour lui qu'il fût mort plutôt que d'y pénétrer après la tombée de la nuit.

Après être revenu ici et avoir réglé les affaires qui m'attendaient, j'ai pensé que vous, mes amis, seriez tous intéressés par cette histoire. Je voulais aussi disposer tous les faits clairement dans ma tête. C'est pour cette raison que je vous ai téléphoné. Je repars demain et quand je reviendrai, je devrais être en mesure de vous raconter quelque chose d'assez extraordinaire. A propos, j'ai essayé d'obtenir un enregistrement phonographique du sifflement, mais celui-ci n'a tout simplement pas produit d'impression sur le disque de cire. C'est l'un des faits qui m'ont donné le sentiment d'un phénomène bizarre.

Un autre fait extraordinaire est que le microphone n'amplifie pas le son du sifflement. Il ne le transmet même pas, n'en tient aucun compte et se comporte comme si celui-ci n'existait pas. Je suis complètement et totalement mystifié pour l'instant. Je serais plutôt curieux de voir si l'un de vous, en petits malins que vous êtes, peut arriver à éclaircir cette situation. Pour ma part, je n'y ai pas réussi, du moins pas encore.

» Bonne nuit à tous », nous dit-il, et il commença à nous faire sortir brusquement, mais poliment, dans la nuit londonienne.

***

---

11. **clever :** *habile, adroit, intelligent* (**too clever for his own good** : *trop malin pour son bien*).
12. **to make daylight out of sth :** *éclaircir qqch ;* **daylight** : *lumière du jour ;* également : **to scare the daylight out of sb** : *terroriser qqn.*
13. **offence** (G.B.), **offense** (U.S.) : 1) *attaque, agression ;* 2) (ici) *insulte, offense ;* 3) *faute, infraction ;* **to offend** : 1) *insulter qqn ;* 2) *enfreindre la loi.*

A fortnight[1] later he dropped us each a card and you can imagine that I was not late this time. When we arrived Carnacki took us straight into dinner and when we had finished and all made ourselves comfortable he began again, where he had left off[2] :

"Now just listen quietly, for I have got something very queer to tell you. I got back late at night and I had to walk up to the castle as I had not warned them that I was coming. It was bright[3] moonlight, so that the walk was rather a pleasure than otherwise. When I got there the whole place was in darkness and I thought I would go round outside to see whether Tassoc or[4] his brother was keeping watch. But I could not find them anywhere and concluded that they had got tired[5] of it and gone off to bed.

"As I returned across the lawn[6] that lies below the front of the East Wing I caught the hooning whistle of the Room coming down strangely clear through the stillness[7] of the night. It had a peculiar note in it I remember — low and constant, quietly meditative. I looked up at the window, bright in the moonlight, and got a sudden thought to bring a ladder[8] from the stable-yard[9] and try to get a look into the Room from the outside.

"With this notion I hunted round at the back of the castle among the straggle[10] of the office[11] and presently found a long, fairly light ladder though it was heavy enough for one, goodness knows !

---

1. **fortnight :** (contraction de **fourteen nights**) *deux semaines, quinze jours.*
2. **to leave off :** *cesser, s'arrêter, quitter, renoncer ;* **where did we leave off ?** *où en étions-nous ?* **to leave off work :** *arrêter le travail.*
3. **bright :** 1) (ici) *brillant, lumineux, éclatant ;* 2) *vif* (couleurs, tempérament), *intelligent ;* **a bright idea :** *une excellente idée ;* **the bright side of life :** *le bon côté des choses.*
4. **whether... or :** 1) (conj.) *si ;* 2) (ici) (conditionnel) *soit... soit ;* **whether he comes or not :** *qu'il vienne ou non.*
5. **to tire :** *fatiguer, lasser ;* **tiring :** *fatigant ;* **tiredly :** *avec fatigue ;* **tiredness :** *fatigue.*
6. **lawn :** *pelouse, gazon ;* **lawnmower :** *tondeuse à gazon ;* **lawn sprinkler :** *tourniquet arroseur.*

Deux semaines plus tard, Carnacki nous envoya à chacun une carte d'invitation. Comme vous pouvez l'imaginer, je ne fus pas en retard ce soir-là. Quand nous fûmes tous présents, Carnacki nous fit passer directement à table. Après que nous eûmes fini de dîner, et que nous fûmes tous installés confortablement, il reprit son histoire là où il l'avait laissée.

« Maintenant, écoutez tous silencieusement, car j'ai quelque chose d'incroyable à vous raconter. Je revins donc au château tard dans la nuit, et je dus faire la route à pied car je n'avais pu prévenir Tassoc de mon arrivée. Il faisait un brillant clair de lune, et la promenade était plus un plaisir qu'autre chose. Quand j'arrivai au château, toutes les lumières étaient éteintes. J'eus alors l'idée d'en faire le tour pour voir si Tassoc et son frère montaient bien la garde. Mais comme je ne les trouvais point, j'en déduisis qu'ils étaient fatigués de faire le pied de grue, et étaient partis se coucher.

Tandis que je traversais la pelouse située en face de l'aile est du château, j'entendis le sifflement ululant de la chambre qui résonnait d'une façon étrangement claire dans la quiétude de la nuit. Celui-ci renfermait une note particulière dont je me souviens encore, une note basse et constante, tranquillement grave. Je tournai mes yeux vers la fenêtre de la chambre qui brillait sous la lumière de la lune, et j'eus soudain l'idée d'aller chercher une échelle à l'écurie afin de regarder du dehors l'intérieur de la chambre.

Cette idée en tête, je fouillai les dépendances du château et, dans le désordre de l'office, je finis par trouver une longue échelle, plutôt légère, bien que Dieu sût qu'elle était suffisamment lourde pour un seul homme !

---

7. **stillness :** *tranquillité, quiétude, silence ;* de **still** : (nom) 1) *calme, tranquille* (également adjectif) ; 2) *alambic ;* 3) *photo de film ;* 4) (conjonction) *encore.*
8. **ladder :** *échelle, escabeau* (**the social ladder** : *l'échelle sociale*).
9. **stable-yard :** *écurie* (syn. **stable(s)**) ; **yard** : *cour, préau, parc à bétail.*
10. **straggle :** *désordre, débandade ;* **to straggle** : *marcher sans ordre ;* ne pas confondre avec **to struggle** : *lutter, combattre.*
11. **office :** 1) *bureau, étude ;* 2) *office, service ;* 3) *fonction, devoir ;* 4) (ici) *communs et dépendances.*

I thought at first that I should never get it reared [1]. I managed at last and let the ends [2] rest very quietly against the wall a little below the sill [3] of the larger window. Then, going silently, I went up the ladder. Presently, I had my face above the sill and was looking in, alone with the moonlight.

"Of course the queer whistling sounded louder up there, but it still conveyed [4] that peculiar sense of something whistling quietly to itself — can you understand ? Though for all the meditative lowness of the note, the horrible, gargantuan quality was distinct — a mighty parody of the human, as if I stood there and listened to the whistling from the lips of a monster with a man's soul [5].

"And then, you know, I saw something. The floor in the middle of the huge, empty room was puckered [6] upwards in the centre into a strange, soft-looking mound [7] parted at the top into an everchanging hole and pulsated to that great, gentle hooning. At times, as I watched, I saw the heaving [8] of the indented mound gap across with a queer, inward suction as with the drawing of an enormous breath, then the thing would dilate and pout [9] once more to the incredible melody. And suddenly as I stared, dumb [10], it came to me that the thing was living. I was looking at two enormous, blackened lips, blistered [11] and brutal, there in the pale moonlight...

---

1. **to rear :** 1) (ici) *dresser, relever ;* 2) *élever, cultiver ;* 3) *se cabrer, se dresser* (un cheval) ; **rear :** (nom) *arrière, queue, derniers éléments d'une série.*

2. **end :** 1) *fin ;* 2) (ici) (pl.) *bouts, extrémités* (**I'll follow you to the ends of the Earth :** *je vous suivrai jusqu'au bout du monde*).

3. **sill :** 1) (ici) *rebord, appui ;* 2) *seuil, radier d'écluse ;* 3) *semelle* (syn. **sole**).

4. **to convey :** 1) *transporter, porter ;* 2) (ici) *transmettre* (un ordre), *donner* (une idée), *communiquer* (une nouvelle) ; **a conveyance :** *un moyen de transport, de transmission.*

5. **soul :** *âme ;* **soul-stirring :** *émouvant ;* **soul-searching :** *examen de conscience.*

6. **to pucker :** *rider, plisser* (les lèvres), *froncer* (les sourcils) ; **pucker :** *ride, pli* (du visage), *fronce, faux-pli.*

Je crus d'abord que je n'arriverais jamais à la dresser. Je réussis finalement à la poser, l'appuyant délicatement contre le mur, juste un petit peu en dessous du rebord de la grande fenêtre de la chambre. Puis, je grimpai en silence jusqu'au sommet. Mon visage se trouva alors au-dessus du rebord, et je pus regarder dans la chambre, avec un rayon de lune pour seul compagnon.

Naturellement, l'étrange sifflement paraissait plus fort à ma hauteur. Mais il suggérait aussi l'impression particulière de quelqu'un qui siffle doucement pour lui-même. Pouvez-vous comprendre cela ? Car, en dépit de la qualité sourde et grave du son en cet instant, sa nature horrible et gigantesque était néanmoins très perceptible. C'était comme la monstrueuse parodie d'un être humain ; comme si, me tenant là, j'entendais le sifflement des lèvres d'un monstre à l'âme humaine.

Alors, tout à coup, je vis quelque chose. Le sol, au milieu de l'énorme pièce vide, était plissé vers le haut, et formait en son centre comme un étrange monticule mou. Celui-ci était percé à son sommet d'un trou d'apparence mobile qui palpitait aux sons du grave et doux sifflement. A un certain moment, comme j'observais la scène, je distinguai un soulèvement du monticule, accompagné d'une aspiration et d'un curieux bruit de succion interne, comme si la chose reprenait son souffle. Puis, celle-ci se dilatait à nouveau et se gonflait en cadence avec l'incroyable mélodie. Soudain, en voyant ce spectacle, qui me rendait muet d'étonnement, il me vint à l'esprit que la chose était vivante. J'étais en train de contempler une paire d'énormes lèvres grossières, noircies et boursouflées, sous la pâle lumière de la lune...

---

7. **mound** [maund] : *tertre, monticule, butte ;* **mount** : *mont, montagne.*
8. **to heave** (p.t. et p.p. **heaved,** mais en langage nautique **hove**) : 1) (ici) *lever, soulever, gonfler ;* 2) *porter, décharger, jeter ;* 3) *pousser un soupir ;* 4) (nautique) *lever l'ancre ;* **heave-ho** ! *ho-hisse !*
9. **to pout :** *faire la moue, bouder ;* **a pout** : *une moue.*
10. **dumb** [dʌm], le « b » n'est pas prononcé : 1) (ici) *muet ;* 2) *bête, sot ;* **dumbfounded** : *abasourdi, ébahi ;* **dumbness** : 1) *mutisme ;* 2) *sottise.*
11. **blister :** *ampoule, cloque, boursouflure ;* **blistering** : *brûlant, ardent, cinglant, mordant, caustique.*

"Abruptly they bulged [1] out to a vast pouting mound of force and sound, stiffened and swollen [2] and hugely massive and cleancut in the moonbeams. And a great sweat [3] lay heavy on the vast upper-lip. In the same moment of time the whistling had burst into a mad screaming note that seemed to stun [4] me, even where I stood, outside of the window. And then the following moment I was staring blankly [5] at the solid, undisturbed floor of the room — smooth [6], polished stone flooring from wall to wall. And there was an absolute silence.

"You can picture me staring into the quiet Room and knowing what I knew. I felt like a sick, frightened child, and I wanted to slide *quietly* down the ladder and run away. But in that very instant I heard Tassoc's voice calling me from within the room for help, *help*. My God ! But I got such an awful dazed [7] feeling and I had a vague, bewildered notion that after all, it was the Irishmen who had got him in there and were taking it out of him [8]. And then the call came again and I burst the window and jumped in to help him. I had a confused idea that the call had come from within the shadow of the great fireplace and I raced [9] across to it, but there was no one there.

" 'Tassoc !' I shouted, and my voice went empty-sounding round the great apartment [10], and then in a flash *I knew that Tassoc had never called*.

---

1. **to bulge :** *bomber, ballonner, faire saillie ;* **a bulge** : *un bombement, un renflement.*
2. **to swell (I swelled, swollen) :** *(r)enfler, gonfler ;* **to have a swollen head** : *avoir la grosse tête ;* **a swell, a swelling** : *une brosse, un renflement.*
3. **sweat** [swet], et non pas [swi:t] : *sueur, transpiration ;* **to sweat** : *suer, transpirer ;* **a sweatshop** : *une usine où les ouvriers sont exploités.* En anglais courant, *sueur :* **perspiration**, *être en sueur :* **to perspire.**
4. **to stun :** 1) (ici) *étourdir, assommer ;* 2) *renverser, abasourdir ;* **a stunner** : *qqn* ou *qqch d'épatant, de ravissant.*
5. **blankly :** *sans expression, d'un air incompréhensif, déconcerté ;* **blank** : 1) *blanc, vierge ;* 2) *vide, inexpressif.*
6. **smooth :** *lisse, uni, égal, doux, satiné ;* **to smooth** : *lisser,*

Brutalement, les lèvres se gonflèrent pour former un gros dôme proéminent, rempli de force et de bruit, une masse raidie, enflée, énorme et très nettement définie sous les rayons lunaires. Un grand filet de sueur se répandit bientôt sur l'immense lèvre supérieure. Au même instant, le sifflement éclata en une folle note stridente qui parut m'assommer, même de l'endroit où je me tenais, au-dehors de la fenêtre. Cependant, un moment après, je n'avais plus sous mes yeux ébahis que le plancher intact de la chambre, un sol lisse de pierre polie qui s'étendait d'un bout à l'autre de la pièce. Le silence était redevenu absolu.

Vous pouvez m'imaginer en train de regarder dans la chambre tranquille, sachant ce que je savais ! J'avais l'impression d'être comme un petit enfant malade. Je voulais descendre de l'échelle *en silence* et m'enfuir en courant. Mais, au même instant, j'entendis la voix de Tassoc m'appeler de l'intérieur de la chambre et demander mon aide, *mon aide* ! Mon Dieu ! J'éprouvai un horrible sentiment d'étourdissement et j'eus la vague et trouble notion qu'après tout, c'était peut-être les Irlandais qui l'avaient entraîné là et qui se vengeaient sur sa personne. L'appel au secours se manifesta à nouveau. Je défonçai la fenêtre et me précipitai à son aide. J'avais la confuse impression que son appel provenait de quelque part dans l'ombre de la grande cheminée. Je traversai la chambre en courant pour y arriver, mais il n'y avait personne.

« Tassoc ! » criai-je, mais ma voix résonna dans le vide de la grande pièce. Alors, en un éclair, *je sus que Tassoc ne m'avait jamais appelé !*

---

aplanir ; **to run smoothly** : *fonctionner sans encombres.*
7. **to daze :** *stupéfier, hébéter ;* **to be in a daze** : *être hébété, ahuri.*
8. **to take it out of sb :** noter la construction de cette expression idiomatique signifiant : *éreinter qqn.*
9. **to race :** *lutter de vitesse, faire la course ;* **a race** : *une course ;* **a race-horse** : *un cheval de course ;* **a horse-race** : *une course hippique.*
10. **apartment :** 1) *appartement* (**flat** en anglais britannique) ; 2) (ici) *salle, pièce ;* notez l'orthographe.

I whirled[1] round, sick with fear, towards the window and as I did so a frightful, exultant whistling scream burst through the Room. On my left the end wall had bellied-in towards me in a pair of gargantuan lips, black and utterly monstrous, to within a yard of my face. I fumbled[2] for a mad instant at my revolver; not for *it*, but myself, for the danger was a thousand times worse than death. And then suddenly the Unknown Last Line of the Saaamaaa Ritual was whispered[3] quite audibly in the room. Instantly the thing happened that I have known once before. There came a sense as of dust[4] falling continually and monotonously and I knew that my life hung[5] uncertain and suspended for a flash in a brief, reeling[6] vertigo of unseeable things. Then *that* ended and I knew that I might live. My soul and body blended[7] again and life and power came to me. I dashed furiously at the window and hurled myself out head-foremost[8], for I can tell you that I had stopped being afraid of death. I crashed down on to the ladder and slithered[9], grabbing and grabbing and so came some way or other alive to the bottom. And there I sat in the soft, wet grass with the moonlight all about me and far above through the broken window of the Room, there was a low whistling.

"That is the chief of it[10]. I was not hurt and I went round to the front and knocked Tassoc up.

---

1. **to whirl :** *tourbillonner, tournoyer, se retourner vivement ;* **a whirlpool** : *un tourbillon d'eau ;* **a whirlwind** : *un tourbillon de vent.*
2. **to fumble :** *tâtonner, manier qqch maladroitement ;* **to fumble for words** : *chercher ses mots.*
3. **to whisper :** *chuchoter, murmurer ;* **a whisper** : *un chuchotement, un murmure ;* **whispering campaign** : *campagne de chuchoteries.*
4. **dust :** *poussière ;* **to dust** : 1) *faire la poussière, épousseter ;* 2) *saupoudrer.*
5. **to hang (I hung, hung) :** *pendre, accrocher, suspendre ;* **to get the hang of sth** : *attraper le coup pour faire qqch.*
6. **to reel :** 1) (ici) *tournoyer, donner le vertige, chanceler, tituber ;* 2) *dévider, tourner un moulinet ;* **reel** : 1) *moulinet ;* 2) *bobine ;* 3) *danse gaélique.*

Je me retournai brusquement, malade de peur, et courus vers la fenêtre. Au même moment, un cri effroyant, ululant d'exultation, retentit dans la chambre. Sur ma gauche, le mur se gonfla, poussant une paire de lèvres gigantesques, noires et monstrueuses, à moins d'un mètre de mon visage. Pendant un bref instant de folie, je manipulai maladroitement mon revolver. Ce n'était pas dans l'intention d'en faire usage contre la *chose*, mais contre moi-même, car le danger qui me faisait face était mille fois pire que la mort.

Alors soudainement, j'entendis là Dernière Ligne Inconnue du Rituel Saaamaa murmurée de façon très nettement audible dans la chambre. Instantanément, il se produisit ce que j'avais déjà vu une fois auparavant. Il y eut comme une impression de poussière tombant de façon continue et monotone. Je savais que ma vie était incertaine et suspendue pendant un très court moment dans un bref vertige tournoyant de choses invisibles. Puis, *cela* passa et je sus alors que j'allais vivre. Mon âme et mon corps se rejoignirent, et toute ma vie et mon énergie me revinrent. Je me ruai éperdument vers la fenêtre et m'y précipitai la tête la première, car je peux vous dire que j'avais alors cessé d'avoir peur de la mort. Je basculai sur l'échelle et la dégringolai, attrapant un barreau après l'autre, et arrivai ainsi, de façon maladroite, vivant, au sol. Je m'assis dans l'herbe fraîche et humide, la lumière de la lune brillant tout autour de moi. Plus haut, à travers la fenêtre brisée de la chambre, j'entendis un sifflement sourd...

C'est à peu près toute l'histoire. Je n'étais pas blessé. Je me rendis sur le devant du château et réveillai Tassoc à grands coups.

---

7. **to blend :** *mélanger, mêler ;* **a blend** : *un mélange ;* **a blender** : *un mixer.*
8. **foremost :** 1) (adjectif) *premier, plus avancé ;* 2) (adverbe) (ici) *tout d'abord, en premier lieu.*
9. **to slither :** 1) *ramper* (serpent) ; 2) (ici) *dégringoler, glisser ;* **slither** : *glissement, glissade.*
10. **that's the chief of it :** notez la construction de cette expression idiomatique signifiant : *c'est le gros de l'histoire.*

When they let me in we had a long yarn over some good whisky — for I was shaken to pieces [1] — and I explained things as much as I could. I told Tassoc that the room would have to come down and every fragment of it be burned in a blast-furnace [2] erected within a pentacle. He nodded. There was nothing to say. Then I went to bed.

"We turned a small army on to the work and within ten days that lovely thing had gone up in smoke and what was left was calcined and clean.

"It was when the workmen were stripping [3] the panelling that I got hold of a sound notion of the beginnings of that beastly development. Over the great fireplace, after the great oak panels had been torn down [4], I found that there was let into the masonry a scrollwork [5] of stone with on it an old inscription in ancient Celtic, that here in this room was burned Dian Tiansay, Jester [6] of King Alzof, who made the Song of Foolishness upon King Ernore of the Seventh Castle [7].

"When I got the translation [8] clear I gave it to Tassoc. He was tremendously excited for he knew the old tale and took me down to the library to look at an old parchment that gave the story in detail. Afterwards I found that the incident was well-known about the countryside, but always regarded more as a legend, than as history. And no one seemed ever to have dreamt [9] that the old East Wing of Iastrae Castle was the remains [10] of the ancient Seventh Castle.

---

1. **piece :** *morceau, fragment, pièce* (**shaken to pieces** : *effondré*) ; **to piece** : *rapiécer, raccommoder.*
2. **blast-furnace :** *haut fourneau ;* de **to blast** : *souffler, faire sauter ;* et **furnace** : *fournaise.*
3. **to strip :** 1) *déshabiller, dévêtir, mettre à nu ;* 2) (ici) *dépouiller, déposséder, vider, dévaliser, enlever ;* **a strip** : *une bande, un lambeau.*
4. **to tear down :** *démolir ;* de **to tear** : *déchirer ;* **a tear** : 1) *une déchirure* ['tɛər] ; 2) *une larme* ['tiər].
5. **scrollwork :** de **scroll** : 1) *rouleau de parchemin, banderole à inscription ;* 2) *volute de chapiteau.*
6. **jester :** *bouffon, fou du roi ;* **to jest** : *plaisanter ;* **a jest** : *une plaisanterie.*

Après qu'il m'eut ouvert, nous eûmes une longue conversation autour d'un bon whisky, car je tremblai comme une feuille. Je lui expliquai tout ce qui était possible de lui expliquer. Je lui dis ensuite que la chambre devrait être détruite, et que tous ses morceaux devraient être brûlés dans un fourneau érigé au sein d'un pentagramme. Il m'approuva. Il n'y avait plus rien à dire, et nous allâmes nous coucher.

Nous rassemblâmes une petite armée que nous mîmes au travail. En l'espace de dix jours, cette jolie chose était partie en fumée, et ses restes calcinés étaient purifiés.

C'est seulement quand les ouvriers arrachèrent les lambris de la chambre que je commençai à avoir une sérieure idée de l'origine de cet affreux mystère. Au-dessus de la grande cheminée, après que les lambris de chêne eurent été arrachés, je découvris, dans la maçonnerie de la chambre, une pierre commémorative couverte d'inscriptions en vieux celte. Celles-ci racontaient comment, dans cette pièce, Dian Tiansay, bouffon du Roi Alzof, avait été brûlé vif pour avoir écrit le Chant de la Folie du Roi Ernore du Septième Château.

Après avoir traduit toutes les inscriptions, je donnai une copie de la traduction à Tassoc. Il était formidablement excité, car il connaissait cet ancien conte. Il me mena à la bibliothèque pour me montrer un vieux parchemin qui racontait l'histoire en détail. Peu après, j'appris que l'incident était bien connu des gens du pays, mais ceux-ci l'avaient toujours considéré plus comme une légende que comme quelque chose d'historique. Et personne n'avait jamais réalisé que la vieille aile est du château d'Iastrae était, en fait, les restes du Septième Château.

---

7. **castle** (G.B.) [kə:sl], (U.S.) [kæsl] : le « t » n'est pas prononcé.
8. **translation :** 1) (ici) *traduction ;* 2) *translation ;* le mot "traduction" n'existe pas en anglais ; **to traduce** : *calomnier, diffamer.*
9. **to dream :** (p.t. et p.p. **dreamed** [dri:md] ou **dreamt** [dremt] : *rêver, imaginer ;* **sweet dreams** : *de beaux rêves ;* **to daydream** : *rêvasser.*
10. **remains :** (pl.) *restes, ruines, vestiges ;* de **to remain** : *rester, demeurer ;* **remainder** : [ri'meindər] : *restant, reliquat* (ne pas confondre avec **reminder** [ri'maindər] : *rappel, mémento*).

"From the old parchment I gathered[1] that there had been a pretty dirty job done, away back in the years. It seems that King Alzof and King Ernore had been enemies by birthright[2], as you might say truly, but that nothing more than a little raiding[3] had occurred[4] to either side for years until Dian Tiansay made the Song of Foolishness upon King Ernore and sang it before King Alzof, and so greatly was it appreciated that King Alzof gave the jester one of his ladies to wife[5].

"Presently all the people of the land had come to know the song and so it came at last to King Ernore who was so angered that he made war upon his old enemy[6] and took and burned him and his castle ; but Dian Tiansay, the jester, he brought with him to his own place and having torn his tongue[7] out because of the song which he had made and sung, he imprisoned him in the Room in the East Wing (which was evidently used for unpleasant purposes), and the jester's wife he kept for himself, having a fancy for her prettiness.

"But one night Dian Tiansay's wife was not to be found and in the morning they discovered her lying dead in her husband's arms and he sitting, whistling the Song of Foolishness, for he had no longer the power[8] to sing it.

"Then they roasted Dian Tiansay in the great fireplace — probably from that self-same[9] 'gallows-iron' which I have already mentioned.

---

1. **to gather :** 1) *assembler, rassembler, recueillir, récolter* (a gathering : *un rassemblement*) ; 2) *comprendre.*
2. **birthright :** *droit de naissance, droit du sang ;* de birth : *naissance ;* et right : *droit ;* **birthmark** : *envie, tache de vin ;* birthplace : *lieu de naissance.*
3. **to raid :** *faire un raid, attaquer, piller ;* raider : *un maraudeur, un pillard.*
4. **to occur :** *avoir lieu, survenir, arriver, se produire ;* an occurrence : *un événement ;* notez l'orthographe.
5. **to give to wife :** *donner en mariage.* to take to wife : *prendre en mariage.* Expressions archaïques.
6. **enemy :** *ennemi* (notez l'orthographe) ; enmity : *inimitié.*

Travaillant à partir du vieux parchemin, je conclus qu'il y avait eu un forfait de perpétré, il y avait très longtemps de cela. Il semblerait que le Roi Alzof et le Roi Ernore aient été des ennemis héréditaires, et le mot est particulièrement approprié dans ce cas. Cependant, il n'y avait pas eu d'incident de part et d'autre, à l'exception de quelques actes de pillage, jusqu'au jour où Dian Tiansay composa le Chant de la Folie du Roi Ernore. Il le chanta ensuite en présence du Roi Alzof, qui l'apprécia tellement qu'il offrit l'une de ses dames en mariage au bouffon.

Bientôt, tous les gens du pays devinrent familiers avec le chant, qui parvint ainsi aux oreilles du Roi Ernore. Celui-ci en fut si outré qu'il déclara la guerre à son vieil ennemi, le fit prisonnier et le brûla, lui et son château. Quant à Dian Tiansay le bouffon, il le ramena avec lui au Septième Château après lui avoir fait arracher la langue, pour le punir d'avoir composé et chanté le Chant. Puis il l'emprisonna dans la fameuse chambre de l'aile est (qui était, de toute évidence, réservée à des fins peu plaisantes). Enfin, il ravit la femme du bouffon, la trouvant mignonne et à son goût.

Mais, une nuit, la femme de Dian Tiansay disparut et personne ne put la trouver. Au petit matin, on la découvrit, morte, dans les bras de son mari. Celui-ci était assis, immobile, sifflant l'air du Chant de la Folie, puisqu'il était désormais dans l'incapacité de le chanter.

Alors, ils firent brûler Dian Tiansay à petit feu dans la grande cheminée de la chambre, probablement sur les mêmes chenêts de fer que je vous ai déjà décrits.

---

7. **tongue :** 1) (ici) *langue* (organe) ; 2) *langue* (idiome) (**the gift of tongues** : *le don des langues*).
8. **power :** 1) (ici) *pouvoir, capacité ;* 2) *pouvoir, autorité, puissance ;* 3) *vigueur, force, énergie ;* **to power** : *fournir de l'énergie, actionner, propulser.*
9. **self-same :** *identique, absolument le même ;* même construction que **self-styled** : *soi-disant* ou **self-made** : *qqn qui s'est fait lui-même.*

And until he died Dian Tiansay 'ceased not to whistle' the Song of Foolishness which he could no longer sing. But afterwards 'in that room' there was often heard at night the sound of something whistling and there 'grew a power in that room' so that none dared sleep in it. And presently, it would seem, the King went to another castle for the whistling troubled him.

"There you have it all. Of course, that is only a rough [1] rendering [2] of the translation from the parchment. It's a bit quaint ! Don't you think so ?"

"Yes," I said, answering for the lot [3]. "But how did the thing grow to such a tremendous manifestation ?"

"One of those cases of continuity of thought producing a positive action upon the immediate surrounding [4] material," replied Carnacki. "The development must have been going forward through centuries, to have produced such a monstrosity. It was a true instance [5] of Saiitii manifestation which I can best explain by likening [6] it to a living spiritual [7] fungus [8] which involves the very structure of the aether-fibre itself and, of course, in so doing acquires an essential control over the 'material-substance' involved [9] in it. It's impossible to make it plainer in a few words."

"What broke the seventh hair ?" asked Taylor.

But Carnacki did not know. He thought it was probably nothing but [10] being too severely tensioned.

---

1. **rough :** 1) *rude, rugueux, rauque ;* 2) *brutal, rude, violent ;* 3) (ici) *grossier, approximatif ;* **to roughen** : *rendre rugueux.*

2. **rendering :** *rendu, interprétation ;* de **to render** : 1) *rendre ;* 2) *interpréter* (**render unto Caesar's...** : *rendre à César...*).

3. **for the lot :** *pour toute la bande ;* **lot** : 1) *sort, fortune ;* 2) *part, partage ;* 3) *terrain ;* 4) *lot, bloc, bande.*

4. **to surround :** *entourer, cerner ;* **surroundings** : (pl.) *entourage, milieu, ambiance, cadre, environnement.*

5. **instance :** *exemple, cas ;* **in many instances** : *dans bien des cas ;* le français « *instance* » se traduit par **request** ou **instancy**.

6. **to liken :** *comparer, assimiler, faire ressembler ;* **likeness** : *ressemblance ;* **a family likeness** : *un air de famille.*

Et jusqu'à ce qu'il meure, Dian Tiansay « ne cessa de siffler » l'air du Chant de la Folie, dont il ne pouvait plus prononcer les paroles. Après cet odieux châtiment, plusieurs personnes entendirent très souvent un sifflement s'élever pendant la nuit « dans cette chambre ». Et « une puissance vint à s'emparer de la chambre », et personne n'osa plus y dormir. Et bientôt le Roi Ernore devint tellement troublé par le sifflement qu'il fut forcé d'aller vivre dans un autre château.

Voilà toute l'histoire. Naturellement, c'est seulement une version grossière de la traduction du parchemin. N'est-ce pas très étrange ?

— Oui, répondis-je en notre nom à tous. Mais comment le pouvoir d'une telle chose a-t-il pu croître de façon aussi gigantesque ?

— C'est l'un de ces cas où la continuité d'une pensée produit une action positive sur les matériaux environnants, dit Carnacki. La croissance de cette « chose » a dû se prolonger pendant plusieurs siècles pour arriver à produire une telle monstruosité. C'était un véritable cas de manifestation Saiitii. La meilleure explication serait de comparer le phénomène à une moisissure spirituelle vivante qui affecterait la structure même de la fibre de l'éther, et qui arriverait ainsi à contrôler toutes les « substances matérielles » qui l'entourent. Il est impossible d'expliquer cela de façon plus claire.

— Qu'est-ce qui a rompu le septième cheveu ? demanda Taylor.

Cela, Carnacki l'ignorait. Il pensait que ce n'était peut-être rien de plus qu'un phénomène de trop forte tension.

---

7. **spiritual :** *spirituel* (qui appartient au monde des esprits) ; *spirituel* (amusant) se traduirait plutôt par **witty.**
8. **fungus :** *champignon vénéneux ; champignon :* **mushroom.**
9. **to involve :** *mêler, impliquer, concerner ;* **involvement** : *participation, implication.*
10. **nothing but :** notez cette expression idiomatique signifiant : *rien d'autre que.* Dans un procès, un témoin devra jurer de dire **The truth, the whole truth and nothing but the truth** : *La vérité, toute la vérité, rien que la vérité.*

He also explained that they found out that the men who had run away had not been up to mischief, but had come secretly merely[1] to hear the whistle which, indeed, had suddenly become the talk[2] of the whole countryside.

"One other thing" said Arkright, "have you any idea what governs the use of the Unknown Line of the Saaamaaa Ritual ? I know, of course, that it was used by the Ab-human Priests in the Incarnation of the Raaaee, but what used it on your behalf[3] and what made it ?"

"You had better[4] read Harzam's Monograph and my Addenda to it, on the Astral and 'Astarral' Co-ordination and Interference," said Carnacki. "It is an extraordinary subject and I can only say here that the human-vibration may not be insulated[5] from the 'astarral' (as is always believed to be the case in interferences by the Ab-human), without immediate action being taken by those Forces which govern the spinning[6] of the outer circle. In other words, it is being proved, time after time, that there is some inscrutable Protective Force constantly intervening[7] between the human-soul (not the body, mind you) and the Outer[8] Monstrosities. Am I clear ?

"Yes, I think so," I replied. "And you believe that the Room had become the material expression of the ancient Jester — that his soul, rotted with hatred[9] had bred[10] into a monster — eh ?" I asked.

---

1. **merely :** *simplement, purement ;* de **mere** ['miər] : *simple, seul, pur.*

2. **talk :** 1) *paroles, conversation ;* 2) *conférence, causerie ;* 3) *racontars, bruits, dires ;* 4) **talks** : *pourparlers ;* **it is the talk of the town** : *cela fait jaser tout le monde, tout le monde en parle.*

3. **on somebody's behalf :** *au nom de qqn, de la part de qqn.*

4. **you had better... :** *vous feriez mieux de... vous devriez... ;* toujours suivi de l'infinitif sans **"to"**.

5. **to insulate :** *isoler* (un fil), *insonoriser* (une pièce) ; **insulation** : *isolation* (électrique) ; *isolé* (seul) : **lonely, isolated.**

6. **to spin** (p.t. et p.p. **spun**) : (notez l'orthographe du prétérit, **spinning,** qui s'écrit avec 2 « n ») 1) *tourner,*

Il nous expliqua également qu'il avait découvert que les hommes qui s'étaient enfuis ne mijotaient pas un mauvais coup, mais étaient venus simplement pour entendre le sifflement qui, naturellement, faisait jaser toute la région.

— Une autre chose, dit Arkright. Avez-vous une idée plus précise des lois qui régissent l'utilisation de la Dernière Ligne Inconnue du Rituel Saaamaaa ? Je sais, bien sûr, que celle-ci était employée par les Prêtres Ab-humains de l'Incarnation des Raaaee, mais cela n'explique pas qui l'a employée dans votre cas, et pourquoi ?

— Vous devriez lire la monographie d'Harzam, ainsi que mon Additif, sur les Interférences et la Coordination « Asteralles », ou Astrales, dit Carnacki. C'est un sujet extraordinaire et je peux seulement avancer que, dans un cas comme celui-ci, les vibrations humaines ne peuvent pas être isolées du tissu « asterral » (comme on pense généralement que cela se produit dans les cas d'interférences ab-humaines), sans qu'une action immédiate soit entreprise par les Forces qui contrôlent les mouvements des Cercles Extérieurs. En d'autres termes, il est ainsi prouvé, de façon répétée, qu'il existe quelque Force Protectrice mystérieuse qui intervient constamment entre l'âme humaine (et non le corps, j'insiste) et les Monstruosités Extérieures. Suis-je clair ?

— Oui, je le pense, répondis-je. Et vous croyez que la chambre était devenue l'expression matérielle de l'ancien bouffon ? Que son âme, pourrie de haine, avait engendré ce monstre — hein ? demandai-je.

---

tournoyer ; 2) *filer* (de la laine) ; **spin** : *tournoiement.*

7. **to intervene :** 1) (ici) *intervenir, s'interposer ;* 2) *survenir, arriver ;* 3) *s'écouler ;* **during the intervening years** : *pendant les années qui s'écoulèrent.*

8. **outer :** *extérieur, externe* (antonyme : **inner**) ; **outer space** : *espace intersidéral ;* **outer garments** : *vêtements de dessus.*

9. **hatred :** *haine* (syn. **hate**) ; **to hate** : *haïr ;* **hateful** : *haïssable.*

10. **to breed** (p.t. et p.p. **bred**) : 1) (ici) *produire, procréer, faire naître, engendrer ;* 2) *multiplier, croiser, se reproduire ;* **breed** : *une race.*

"Yes", said Carnacki, nodding. "I think you've put my thought rather neatly[1]. It is a queer coincidence that Miss Donnehue is supposed to be descended (so I heard since) from the same King Ernore. It makes one think some rather curious thoughts, doesn't it ? The marriage coming on and the Room waking to fresh life. If she had gone into that room, ever... eh ? IT had waited for a long time. Sins[2] of the fathers. Yes, I've thought of that. They're to be married next week and I am to be best man[3], which is a thing I hate. And he won his bets, rather ! Just think, *if* ever she had gone into that room. Pretty horrible, eh ?"

He nodded his head, grimly[4], and we four nodded back. Then he rose and took us collectively to the door and presently thrust[5] us forth[6] in friendly fashion on to the Embankment[7] and into the fresh night air.

"Good night," we all called back and went to our various homes.

If she had, eh ? If she had ? That is what I kept thinking.

---

1. **neatly :** 1) *proprement, soigneusement ;* 2) (ici) *habilement, adroitement, bien fait ;* de **neat** : 1) *simple et de bon goût, propre, bien rangé, en ordre ;* 2) (langage courant) *super, formidable.*

2. **sin :** *péché ;* **original sin** : *péché originel ;* **the seven deadly sins** : *les sept péchés capitaux ;* **to sin (sinned)** : *pécher.*

3. **best man :** *garçon d'honneur, témoin à un mariage ;* **maid of honor** est l'équivalent féminin du titre.

4. **grimly :** *sinistrement, sévèrement ;* de **grim** : *sinistre, menaçant, lugubre, sévère, macabre ;* **a grim determination** : *une volonté inflexible.*

5. **to thrust** (p.t. et p.p. **thrust**) : 1) (ici) *pousser avec force ;* 2) *porter un coup de pointe* (escrime) ; **a thrust** : *une poussée, un coup d'estoc ;* **a thruster** : *un réacteur.*

— Oui, répondit Carnacki en acquiesçant. Je pense que vous avez bien résumé ma pensée. C'est une étrange coïncidence que Mlle Donnehue soit supposée être une descendante (c'est ce que j'ai appris depuis) du même Roi Ernore. Cela donne naissance à des idées plutôt curieuses, n'est-ce pas ? Le mariage qui se prépare et la chambre qui revient à la vie... Que se serait-il passé si elle était entrée dans cette chambre, hein ? La « Chose » avait attendu pendant tellement longtemps... Les péchés des parents... Oui, j'ai pensé à tout cela. Le mariage devrait avoir lieu la semaine prochaine, et je dois être garçon d'honneur, ce qui est vraiment ce que je déteste ! Et en plus, Tassoc a joliment gagné tous ses paris. Mais réfléchissez un peu, que se serait-il passé *si* elle était entrée dans la chambre ? C'est horrible d'y songer, ne croyez-vous pas ?

Carnacki hocha la tête de sinistre façon, et nous fîmes de même en réponse. Puis, il se leva et nous conduisit tous les quatre vers la porte. Il nous fit ensuite sortir fermement mais amicalement sur les quais à l'air frais de la nuit.

— Bonne nuit, lançâmes-nous, nous dirigeant vers nos domiciles respectifs.

Que se serait-il passé si elle était entrée dans la chambre ? Que se serait-il passé ? Oui, c'est ce que je continuais à me demander...

---

6. **forth :** (ici) *en avant* (syn. **forward**) ; **and so forth :** *et ainsi de suite ;* **forthcoming** : *qui arrive ;* **forthright :** *franc, honnête.*
7. **Embankment :** nom utilisé pour désigner le quartier de Londres situé le long des quais de la Tamise, près de la gare de Charing Cross.

HOWARD PHILLIPS LOVECRAFT

The Statement[1] of Randolph Carter

La déclaration de Randolph Carter

H.P. Lovecraft (1890-1937) est aujourd'hui considéré comme l'un des plus importants écrivains fantastiques américains. Pourtant, il vécut la majeure partie de sa vie dans une obscurité quasi totale, à Providence, dans l'État du Rhode Island.

Lovecraft appartient à ce qu'on pourrait appeler l'« École » de *Weird Tales*, d'après le nom du magazine qui publia la plupart de ses œuvres. Cette « École » comprend également de nombreux écrivains fantastiques américains célèbres, tels Clark Ashton Smith, Frank Belknap Long, Robert E. Howard, créateur du personnage de Conan le Barbare, Seabury Quinn, etc.

Lovecraft fut, à ses débuts, fortement inspiré par le style gothique et flamboyant de l'écrivain fantastique britannique Lord Dunsany. Le cycle des aventures de Randolph Carter, rédigé aux alentours de 1925-1930, et auquel appartient cette nouvelle, représente une étape intermédiaire entre le monde féerique et précieux inspiré de Dunsany, et les horreurs cosmiques des divinités et démons du cycle de Cthulhu qui va suivre.

Les romans et nouvelles du cycle de Cthulhu — *The Dunwich Horror* (1929), *At The Mountains of Madness* (1936), *The Case of Charles Dexter Ward* (1941), etc. — sont justement célèbres pour leur description d'un univers incommensurablement hostile, habité par des créatures dont l'horreur défie l'imagination, et où l'homme n'est guère plus qu'une chose insignifiante et éphémère. Ces nouvelles sont des classiques de la littérature fantastique.

I repeat to you, gentlemen, that your inquisition [2] is fruitless. Detain [3] me here forever if you will ; confine or execute me if you must have a victim to propitiate [4] the illusion you call justice ; but I can say no more than I have said already. Everything that I can remember, I have told you with perfect candor [5]. Nothing has been distorted [6] or concealed, and if anything remains vague, it is only because of the dark cloud which has come over my mind — that cloud and the nebulous nature of the horrors which brought it upon me.

Again I say, I do not know what has become of Harley Warren, though I think — almost hope — that he is in peaceful oblivion [7], if there be anywhere so blessed [8] a thing. It is true that I have for five years been his closest friend, and a partial sharer of his terrible [9] researches into the unknown. I will not deny [10], though my memory is uncertain and indistinct, that this witness of yours may have seen us together as he says, on the Gainsville pike [11], walking towards Big Cypress Swamp, at half past 11 on that awful night. That we bore [12] electric lanterns, spades, and a curious coil of wire with attached instruments, I will even affirm ; for these things all played a part in the single hideous scene which remains burned [13] into my shaken recollection [14].

---

1. **statement :** *exposé, compte-rendu, rapport ;* **to state** : *déclarer, énoncer ;* ces mots sont en général employés dans un contexte formel : déclaration officielle, etc.
2. **inquisition :** *enquête* (judiciaire), *recherche, investigation ;* **to enquire** (G.B.), **to inquire** (U.S.) : *s'informer ;* **enquiry** (G.B.), **inquiry** (U.S.) : *demande de renseignements.*
3. **to detain :** *détenir, retenir, arrêter.*
4. **to propitiate :** *satisfaire, apaiser, rendre propice.*
5. **candor :** *sincérité, franchise* (*candeur :* **ingenuousness**).
6. **to distort :** *dénaturer, déformer, fausser, tordre.*
7. **oblivion :** (littéraire) *oubli ;* en anglais plus usuel, pour traduire *« le fait d'oublier »,* on dirait **forgetting** ou **forgetfulness** (**to forget** : *oublier*).
8. **to bless :** *bénir ;* notez la construction de l'expression ; m. à m. : *si bénie une chose.* **Blessed** est aussi utilisé en tant que juron comme le mot « sacré » en français.

Je vous répète, messieurs, que votre enquête est inutile. Détenez-moi ici pour toujours si vous le voulez ; enfermez-moi ou exécutez-moi si une victime vous est nécessaire afin de satisfaire l'illusion que vous appelez justice ; mais je ne puis rien dire d'autre que je n'aie déjà déclaré. Tout ce dont je puis me souvenir, je vous l'ai rapporté avec une parfaite sincérité. Je n'ai rien dénaturé ou caché, et si quelque chose demeure encore vague, c'est seulement à cause de ce sombre nuage qui a envahi mon esprit... de ce nuage et de la mystérieuse nature des horreurs qui l'ont fait fondre sur moi.

Je vous le dis encore, je ne sais pas ce qu'est devenu Harley Warren, bien que je pense — espère presque — qu'il repose désormais dans un oubli paisible, s'il existe bel et bien un tel état béni. Il est exact que je fus pendant cinq ans son ami le plus intime, et que je partageais partiellement ses terribles recherches sur l'inconnu. Je ne nierai point, bien que mes souvenirs soient incertains et confus, que votre témoin ait pu nous voir ensemble comme il l'affirme sur la route de Gainsville, marchant en direction du Marais du Gros Cyprès, à onze heures et demie, lors de cette épouvantable nuit. J'affirmerai même que nous transportions bien avec nous des lanternes électriques, des bêches, et un curieux rouleau de fil auquel étaient attachés des instruments ; je l'affirmerai parce que ces choses jouèrent toutes un rôle dans la seule scène hideuse qui soit restée gravée dans ma mémoire ébranlée.

---

9. **terrible :** *affreux, épouvantable.* Notez la signification négative du mot, contrairement au français courant où qqch de « terrible » est qqch de bon ou beau. On utilisera alors **terrific** en anglais.
10. **to deny :** *nier, démentir ;* **a denial** : *un démenti.*
11. **pike :** *route, barrière* (originellement à péage).
12. **to bear (I bore, borne) :** *porter* (un fardeau, des armes, un nom, un document).
13. **to burn :** *graver, marquer au fer rouge* (= **to brand**).
14. **recollection :** *souvenir* (**to the best of my recollection** : *autant que je m'en souvienne*).

But of what followed, and of the reason I was found alone and dazed [1] on the edge of the swamp next morning, I must insist that I know nothing save what I told you over and over again [2]. You say to me that there is nothing in the swamp or near it which could form the setting [3] of that frightful [4] episode. I reply [5] that I knew nothing beyond what I saw. Vision or nightmare it may have been — vision or nightmare I fervently hope it was — yet it is all that my mind retains [6] of what took place in those shocking hours after we left the sight of men. And why Harley Warren did not return, he or his shade [7] — or some nameless thing I cannot describe — alone can tell.

As I have said before, the weird [8] studies of Harley Warren were well known to me, and to some extent shared by me. Of his vast collection of strange, rare books on forbidden [9] subjects I have read [10] all that are written in the languages of which I am master [11] ; but these are few as compared with [12] those in languages I cannot understand, Most, I believe, are in Arabic [13] ; and the fiend [14] - inspired book which brought on the end — the book which he carried in his pocket out of the world — was written in characters whose like I never saw elsewhere [15]. Warren would never tell me just what was in that book. As to the nature of our studies — must I say again that I no longer retain full comprehension ?

---

1. **dazed :** *hébété, ahuri, étourdi ;* to daze : *étourdir, stupéfier.*
2. **over and over again :** *maintes et maintes fois, de façon répétée.*
3. **setting :** 1) (ici) *décor, cadre ;* 2) *couchant* (soleil).
4. **frightful :** *effrayant, effroyable, épouvantable ;* **fright** : *peur, effroi* (plus violent que **fear**).
5. **to reply :** *répondre* (plus formel que **to answer**).
6. **to retain :** 1) (ici) *conserver, garder ;* 2) *retenir, engager* qqn ou qqch.
7. **shade :** *ombre* (plus poétique que **shadow**), tant au sens physique (soleil) que métaphysique (fantôme).
8. **weird** ['wiəd] : *étrange, mystérieux, inquiétant.*
9. **to forbid (I forbade, forbidden) :** 1) (ici) *interdire ;* 2) *empêcher ;* formé sur **to bid, I bade** (ou **I bid**), **bidden** : 1) *commander, ordonner ;* 2) *mettre aux enchères.*

De ce qui suivit, et de la raison pour laquelle on me trouva seul et hébété sur la berge du marais le matin suivant, je dois insister sur le fait que je ne sais rien de plus que je ne vous aie déjà conté maintes et maintes fois. Vous me dites qu'il n'y a rien dans ces marais ou dans leur voisinage qui puisse avoir été le décor de mon effrayante aventure. Je vous réponds que je ne sais rien d'autre que ce que je vis. Peut-être s'agissait-il d'une vision ou d'un cauchemar — je le souhaite avec ferveur —, mais c'est le seul souvenir que mon esprit ait conservé de ce qui se déroula durant ces heures bouleversantes après que nous eûmes quitté le regard des hommes. Et pourquoi Harley Warren ne revint-il pas ? Seuls, lui, son fantôme — ou quelque innommable chose que je ne saurais décrire — peuvent le dire.

Comme je l'ai déjà relaté, les étranges recherches d'Harley Warren me furent bien connues et, dans une certaine mesure, j'y collaborai. De sa vaste collection d'étranges livres rares consacrés à des sujets interdits, j'avais lu tous ceux écrits dans des langues dont j'avais connaissance ; mais c'était peu comparé à ceux rédigés dans des langues dont j'ignorais tout. La plupart, je crois, étaient en arabe ; quant au livre d'inspiration démoniaque qui fut responsable de sa fin — ce livre qu'il emportait dans sa poche lorsqu'il quitta ce monde —, il était composé de caractères tels que je n'en ai jamais vus de semblables ailleurs. Warren ne voulut jamais me dire exactement ce que contenait ce livre. En ce qui concerne la nature de nos recherches... dois-je encore répéter que je n'en conserve plus une pleine compréhension ?

---

10. **I have read :** m. à m. : *j'ai lu.* De même plus loin **are written, I am master** etc. Tout ce passage au passé composé et au présent a été rendu en français par le plus-que-parfait et l'imparfait, plus naturels.
11. **of which I am master :** (littéraire) *dont je suis le maître.*
12. **these are few as compared with :** m. à m. : *ceux-ci* (les livres) *sont peu* (nombreux) *comparés à...*
13. **Arabic :** nom et adjectif qui s'appliquent à la langue. On dira par contre **The Arabs, an Arab, the Arab countries.**
14. **fiend** [fi:nd] : *démon, diable, monstre ;* ne pas confondre avec **friend** : *ami.*
15. **elsewhere :** *ailleurs ;* formé sur **else** : *autrement ;* et **where** : *où.*

It seems to me rather merciful [1] that I do not, for they were terrible studies, which I pursued [2] more through reluctant fascination than through actual [3] inclination [4]. Warren always dominated me, and sometimes I feared him. I remember how I shuddered [5] at his facial expression on the night before the awful happening, when he talked so incessantly of his theory, why certain corpses [6] never decay [7], but rest firm and fat in their tombs for a thousand years. But I do not fear him [8] now, for I suspect that he has known horrors beyond my ken [9]. Now I fear for him.

Once more I say that I have no clear idea of our object on that night. Certainly, it had much to do with something in the book which Warren carried with him — that ancient book in undecipherable [10] characters which had come to him from India a month before — but I swear [11] I do not know what it was that we expected to find. Your witness says he saw us at half past 11 on the Gainsville pike, headed for [12] Big Cypress Swamp. This is probably true, but I have no distinct memory of it. The picture seared [13] into my soul is of one scene only, and the hour must have been long after midnight ; for a waning [14] crescent moon was high in the vaporous heavens [15].

The place was an ancient cemetery ; so ancient that I trembled at the manifold signs of immemorial years.

---

1. **merciful :** *miséricordieux ;* de **mercy** : *pitié.* Notez la transformation du « y » en « i ».
2. **to pursue :** *poursuivre* (qqn, des études, etc.) ; **pursuer** : *poursuivant ;* **pursuit** : *poursuite.*
3. **actual :** *véritable, réel ;* le français *actuel* se traduira par **current, present**.
4. **inclination :** 1) (ici) *penchant, goût, préférence ;* 2) *inclinaison.*
5. **to shudder :** *frissonner, frémir ;* **a shudder** : *un frisson.*
6. **corpse :** *corps* (au sens mort, *cadavre*) ; un terme plus médical serait **cadaver**.
7. **to decay :** *pourrir, se flétrir, tomber en ruine, dépérir.*
8. **to fear :** *avoir peur, craindre ;* notez la construction, ici et plus bas : **to fear him** : *avoir peur* de *lui ;* **to fear for him** : *avoir peur* pour *lui.*

Il me semble plutôt miséricordieux qu'il en soit ainsi, car il s'agissait de terribles recherches, que je poursuivais plus par une fascination à contrecœur, que par un penchant véritable. Warren me dominait toujours, et j'avais parfois peur de lui. Je me souviens de la façon dont je frissonnai en contemplant l'expression de son visage la nuit précédant l'horrible événement, pendant qu'il décrivait sans relâche sa théorie, expliquant pourquoi certains cadavres ne pourrissent jamais, mais au contraire conservent dans leur tombe une apparence ferme et grasse durant un millénaire. Mais je n'ai plus peur de lui maintenant, car je suspecte qu'il a connu des horreurs au-delà de ma connaissance. Maintenant, j'ai peur pour lui.

Une fois de plus j'affirme que je n'ai plus aucune idée nette de notre but cette nuit-là. Assurément, celui-ci avait très certainement un rapport avec quelque chose contenu dans le livre que Warren transportait avec lui — ce livre ancien aux caractères indéchiffrables qui lui était venu des Indes un mois auparavant —, mais je jure que j'ignore ce que nous nous attendions à découvrir. Votre témoin dit qu'il nous vit à onze heures et demie sur la route de Gainsville, faisant route vers le Marais du Gros Cyprès. C'est probablement vrai, mais je n'en ai plus aucun souvenir précis. L'image gravée dans mon âme est celle d'une seule scène, dont l'heure dut être longtemps après minuit ; car un croissant de lune déclinant passait haut dans les cieux vaporeux.

L'endroit était un ancien cimetière ; si ancien que je tremblai aux multiples signes d'années immémoriales.

---

9. **beyond my ken :** *au-delà de ma connaissance ;* **ken** : (littéraire) *connaissance, compétence, vue.*
10. **undecipherable :** *indéchiffrable ;* formé sur **cipher** : *chiffre, code.*
11. **to swear (I swore, sworn) :** 1) (ici) *jurer* (prêter serment) ; 2) *jurer* (dire des gros mots).
12. **to head for :** *se diriger droit sur, en direction de.*
13. **to sear :** *cautériser, brûler avec un fer rouge.*
14. **to wane :** *décliner, décroître* (**his star is waning** : *son étoile pâlit*).
15. **heavens :** (pl.) *les cieux* (voûte céleste) ; **heaven** : (sg.) *le ciel* (paradis) ; **Heavens** ! (exclamation) *Grand Dieu !*

It was in a deep, damp hollow [1], overgrown with rank [2] grass, moss, and curious creeping [3] weeds, and filled with a vague stench [4] which my idle [5] fancy associated absurdly with rotting [6] stone. On every hand were the signs of neglect and decrepitude, and I seemed haunted by the notion that Warren and I were the first living creatures to invade a lethal [7] silence of centuries. Over the valley's rim a wan [8], waning crescent moon peered through the noisome [9] vapors that seemed to emanate from unheard of [10] catacombs, and by its feeble, wavering beams [11] I could distinguish a repellent [12] array [13] of antique slabs, urns, cenotaphs, and mausoleum facades ; all crumbling, moss-grown and moisture-stained, and partly concealed by the gross [14] luxuriance of the unhealthy vegetation.

My first vivid impression of my own presence in this terrible necropolis concerns the act of pausing with Warren before a certain half-obliterated sepulcher and of throwing down some burdens [15] which we seemed to have been carrying. I now observed that I had with me an electric lantern and two spades, whilst [16] my companion was supplied [17] with a similar lantern and a portable telephone outfit [18]. No word was uttered, for the spot and the task seemed known to us ; and without delay we seized [19] our spades and commenced to clear away the grass, weeds, and drifted [20] earth from the flat, archaic mortuary.

---

1. **hollow :** 1) (ici) *vallon, cuvette ;* 2) (adj.) *creux.*
2. **rank :** 1) (ici) *luxuriant, exubérant ;* 2) *rance, fétide ;* 3) *grossier, violent ;* 4) *complet, absolu* (avec sens négatif).
3. **to creep (I crept, crept) :** *ramper, grimper.*
4. **stench :** *puanteur, odeur abjecte* (plus fort que **stink**).
5. **idle** ['aidəl] : 1) (ici) *futile, vain, inutile ;* 2) *oisif.*
6. **to rot :** *pourrir, se décomposer ;* **the rot** : *la pourriture.*
7. **lethal** ['li:θəl] : *mortellement dangereux.*
8. **wan :** *pâle, blème, blafard.*
9. **noisome :** (littéraire) 1) (ici) *nocif, nuisible ;* 2) *puant, fétide ;* 3) *désagréable.*
10. **unheard of :** *dont on n'a jamais entendu parler.*
11. **wavering beams : beam** : 1) (ici) *rayon ;* 2) *poutre ;* **to waver** : *trembloter, vaciller.*

Il était situé dans un vallon profond, humide, envahi par une végétation luxuriante, par de la mousse et par d'étranges mauvaises herbes rampantes, et rempli d'une vague puanteur que ma futile imagination associait absurdement à l'odeur de la pierre pourrissante. Partout s'étalaient des signes de négligence et de décrépitude, et je devins hanté par l'idée que Warren et moi étions les premières créatures vivantes à venir troubler un mortel silence séculaire. Pardessus le bord du vallon, un blême croissant de lune déclinant perçait les vapeurs nocives qui semblaient émaner de quelques catacombes inconnues, et à la lueur de ces faibles rayons tremblotants, je distinguai un étalage repoussant d'antiques dalles funéraires, d'urnes, de cénotaphes, et de façades de mausolées ; toutes s'effritant, couvertes de mousse et de taches d'humidité, et à demi cachées par la luxuriance grossière d'une végétation malsaine.

La première impression précise de ma propre présence en cette horrible nécropole fut de m'être arrêté avec Warren devant un certain sépulcre à demi détruit, et d'avoir jeté au sol le fardeau qu'il me semble que nous transportions. J'observai alors que j'étais en possession d'une lanterne électrique et de deux bêches, tandis que mon compagnon disposait d'une lanterne identique et d'un matériel de téléphone portatif. Aucune parole ne fut échangée, car l'endroit et la besogne nous semblaient connus ; aussi sans plus tarder, nous empoignâmes nos bêches et commençâmes à enlever la végétation, les mauvaises herbes et la terre amoncelée de la surface plate de l'archaïque sépulture.

---

12. **repellent :** *répugnant ;* **to repel** : *repousser.*
13. **array :** 1) (ici) *étalage, présentoir ;* 2) *rang, rangée.*
14. **gross :** 1) (ici) *grossier, obscène ;* 2) *brut* (profit).
15. **burden :** *fardeau, charge* (**beast of burden** : *bête de somme*) ; **to burden** : *charger, encombrer.*
16. **whilst :** (littéraire) *tandis que, pendant que* (= **while**).
17. **to supply :** 1) (ici) *fournir, pourvoir, munir ;* 2) *remplir un besoin* (**the law of supply and demand** : *la loi de l'offre et de la demande*).
18. **outfit :** 1) (ici) *matériel, équipement ;* 2) *costume ;* 3) *compagnie, organisation.*
19. **to seize :** 1) (ici) *empoigner, saisir ;* 2) *confisquer.*
20. **drifted :** de **to drift** 1) *dériver ;* 2) *amasser, amonceler ;* (vent) *pousser devant soi.*

After uncovering the entire surface, which consisted of three immense granite slabs, we stepped back some distance to survey [1] the charnel [2] scene ; and Warren appeared to make some mental calculations. Then he returned to the sepulcher, and using his spade as a lever, sought to pry up [3] the slab lying nearest to a stony ruin which may have been a monument in its day [4]. He did not succeed [5], and motioned to me to come to his assistance. Finally our combined strength loosened [6] the stone, which we raised and tipped [7] to one side.

The removal [8] of the slab revealed a black aperture [9], from which rushed an effluence of miasmal gases so nauseous that we started back in horror. After an interval, however, we approached the pit [10] again, and found the exhalations less unbearable. Our lanterns disclosed the top of a flight of stone steps, dripping with some detestable ichor [11] of the inner [12] earth, and bordered by moist [13] walls encrusted with niter. And now for the first time my memory records verbal discourse, Warren addressing me at length in his mellow [14] tenor voice ; a voice singularly unperturbed by our awesome [15] surroundings [16].

"I'm sorry to have to ask you to stay on the surface," he said, "but it would be a crime to let anyone with your frail [17] nerves go down there. You can't imagine, even from what you have read and from what I've told you, the things I shall have to see and do.

---

1. **to survey :** 1) (ici) *regarder, contempler ;* 2) *inspecter, dresser des plans.*
2. **charnel :** *charnier, ossuaire, tombe.*
3. **to pry up :** *soulever* (à l'aide d'un levier) ; **to pry :** *fureter, fouiller.*
4. **in its day :** *un jour* (meilleur), *autrefois, jadis.*
5. **to succeed :** 1) (ici) *réussir* (**to fail :** *échouer*) ; 2) *succéder.*
6. **to loosen :** *dégager, défaire, délier, dénouer ;* de **loose :** *dégagé, détaché ; relâché.*
7. **to tip :** 1) (ici) *renverser, chavirer ;* 2) *donner un pourboire, un tuyau* (**a tip**) ; 3) *embouter.*
8. **removal :** *enlèvement, déplacement, déménagement ;* de **to remove :** *enlever, déplacer.*

Après avoir découvert la totalité de sa surface, qui était composée de trois immenses dalles de granit, nous reculâmes de quelques pas afin de contempler la tombe ; et Warren parut se livrer à quelque calcul mental. Il revint ensuite au sépulcre, et usant de sa bêche comme d'un levier, chercha à soulever la dalle la plus proche d'une ruine de pierre qui avait dû être un jour un monument. Il n'y réussit point et me fit signe de venir l'aider. Finalement, nos forces combinées dégagèrent la pierre, que nous soulevâmes et renversâmes sur le côté.

L'enlèvement de la dalle révéla une ouverture ténébreuse, de laquelle surgit une émanation de gaz et de miasmes tellement nauséabonds que nous reculâmes d'horreur. Au bout d'un moment, cependant, nous nous approchâmes à nouveau de la fosse, et trouvâmes les exhalaisons moins insupportables. Nos lanternes découvrirent le sommet d'un escalier de pierre, sur lequel tombait goutte à goutte quelque détestable fluide provenant de l'intérieur de la terre, et bordé de murs humides, incrustés de salpêtre. Et maintenant, pour la première fois, ma mémoire se souvient d'un échange de conversation, Warren s'adressant à moi longuement de sa douce voix de ténor ; une voix singulièrement inchangée par notre grandiose environnement.

— Je regrette d'avoir à vous demander de rester à la surface, dit-il, mais ce serait un crime que de laisser quelqu'un avec des nerfs aussi fragiles que les vôtres descendre dans cette fosse. Vous ne pouvez pas imaginer, même d'après ce que vous avez lu et ce que je vous ai dit, les choses que je vais devoir contempler ou faire.

---

9. **aperture :** (littéraire) *ouverture ;* en anglais usuel, on dirait **opening** (de **to open** : *ouvrir*).
10. **pit :** 1) (ici) *fosse, gouffre ;* 2) *noyau* (fruit).
11. **ichor :** *fluide* (hist. liquide coulant dans les veines des dieux dans la mythologie grecque).
12. **inner :** *intérieur ;* ≠ **outer** : *extérieur.*
13. **moist :** *humide, moite ;* **moisture** : *humidité.*
14. **mellow :** 1) (ici) *doux, tendre* (caractère) ; 2) *mûr, fondant* (fruit) ; 3) *velouté, moelleux* (vin).
15. **awesome :** *terrible, terrifiant ; grandiose, imposant ;* **awe** : *terreur ; respect, révérence.*
16. **surroundings :** *environnement, décor, ambiance, cadre.*
17. **frail :** *fragile, frêle, faible ;* **frailty** : *faiblesse, défaut.*

It's fiendish work, Carter, and I doubt if any man without ironclad [1] sensibilities could ever see it through [2] and come up alive and sane [3]. I don't wish to offend you, and Heaven knows [4] I'd be glad enough [5] to have you with me ; but the responsibility is in a certain sense mine, and I couldn't drag [6] a bundle of nerves [7] like you down to probable death or madness. I tell you, you can't imagine what the thing is really like ! But I promise to keep you informed over [8] the telephone of every move [9] — you see I've enough wire here to reach to the center of the earth and back !"

I can still hear, in memory, those cooly spoken words ; and I can still remember my remonstrances [10]. I seemed desperately anxious to accompany my friend into those sepulchral depths, yet he proved inflexibly obdurate [11]. At one time he threatened [12] to abandon the expedition if I remained insistent ; a threat which proved effective [13], since he alone held the key [14] to the thing. All this I can still remember, though I no longer know what manner of thing we sought [15]. After he had obtained my reluctant acquiescence [16] in his design [17], Warren picked up the reel [18] of wire and adjusted the instruments. At his nod I took one of the latter [19] and seated myself upon an aged, discolored gravestone close by [20] the newly uncovered aperture. Then he shook my hand, shouldered the coil of wire, and disappeared within that indescribable ossuary.

---

1. **ironclad :** *à toute épreuve, blindé ;* m. à m. : *revêtu de fer* (iron) ; to clothe, I clothed (ou I clad, plus archaïque), clothed (ou clad, idem) : *vêtir, habiller.*
2. **to see something through :** 1) *mener une affaire à bonne fin ;* 2) *subir jusqu'au bout.*
3. **sane :** *sain d'esprit, raisonnable ;* **sanity** : *santé mentale.*
4. **Heaven knows :** m. à m. : *le Ciel sait que.*
5. **I'd be glad enough :** m. à m. : *je serais assez heureux ;* notez l'emplacement de **enough**.
6. **to drag :** *traîner, tirer, entraîner.*
7. **a bundle of nerves :** **bundle** : *paquet, ballot, baluchon.*
8. **over :** notez l'usage de **over** (ou de **on**).
9. **move :** 1) (ici) *mouvement, action ;* 2) *coup* (échecs).
10. **remonstrance :** *protestation, remontrance.*
11. **obdurate :** (littéraire) *obstiné, têtu, inflexible ;* en anglais usuel, on dirait **stubborn**.

C'est un travail diabolique, Carter, et je doute qu'un homme dépourvu d'une sensibilité à toute épreuve puisse s'en charger et revenir vivant et sain d'esprit. Je ne désire pas vous offenser, et Dieu m'est témoin que je serais heureux de vous avoir avec moi ; mais cette responsabilité est d'une certaine façon mienne, et je ne pourrais jamais traîner un paquet de nerfs comme vous dans cette fosse vers une mort ou une folie probables. Je vous jure que vous ne pouvez pas imaginer ce dont il s'agit ! Mais je promets de vous tenir au courant de chacun de mes mouvements par téléphone... vous voyez que j'ai ici suffisamment de fil pour atteindre le centre de la Terre et en revenir !

Je peux encore entendre, dans ma mémoire, ces paroles prononcées avec sang-froid ; et je peux encore me souvenir de mes protestations. Il semble que j'étais désespérément désireux d'accompagner mon ami dans ces profondeurs sépulcrales, mais il se révéla obstinément inflexible. A un moment, il menaça d'abandonner l'expédition si je continuais à insister ; menace qui se révéla efficace, puisque lui seul avait la clé de la chose. Je puis encore me souvenir de tout cela, bien que j'aie oublié l'objet de nos recherches. Après avoir obtenu mon consentement à contrecœur quant à ses intentions, Warren ramassa le rouleau de fil et régla les instruments. Il me fit signe de prendre l'autre téléphone et je m'assis sur une vieille pierre tombale décolorée, près de l'ouverture nouvellement découverte. Ensuite, il me serra la main, prit le rouleau de fil sur son épaule et disparut à l'intérieur de l'indescriptible ossuaire.

---

12. **to threaten :** *menacer, intimider ;* **a threat :** *une menace.*
13. **effective :** 1) (ici) *efficace ;* 2) *effectif.*
14. **to hold the key :** *détenir la clé.*
15. **to seek (I sought, sought) :** *chercher ;* **to seek shelter :** *chercher abri ;* **to seek advice :** *demander conseil.*
16. **acquiescence :** (littéraire) *accord, assentiment, consentement ;* **to acquiesce** : *approuver ;* en anglais plus usuel, on dirait **agreement, to agree.**
17. **design :** 1) *plan, projet ;* 2) (ici) *intention.*
18. **reel :** *rouleau, bobine.*
19. **the latter :** *ce dernier ;* se réfère à la dernière chose mentionnée ; contraire : **the former.**
20. **close by :** *à côté de* (notez l'emploi de **by**).

For a minute I kept sight of the glow [1] of his lantern, and heard the rustle [2] of the wire as he laid it down after him ; but the glow soon disappeared abruptly, as if a turn in the stone staircase had been encountered, and the sound died away almost as quickly. I was alone, yet bound [3] to the unknown depths by those magic strands [4] whose insulated [5] surface lay [6] green beneath the struggling [7] beams of that waning crescent moon.

I constantly consulted my watch by the light of my electric lantern, and listened with feverish [8] anxiety at the receiver [9] of the telephone ; but for more than a quarter of an hour heard nothing. Then a faint [10] clicking came from the instrument, and I called down to my friend [11] in a tense [12] voice. Apprehensive as I was, I was nevertheless unprepared for the words which came up from that uncanny [13] vault [14] in accents more alarmed and quivering [15] than any I had heard before from Harley Warren. He who had so calmly [16] left me a little while previously, now called from below in a shaky whisper more portentous [17] than the loudest shriek [18] :

"God ! If you could see what I am seeing !"

I could not answer. Speechless [19], I could only wait. Then came the frenzied [20] tones again :

"Carter, it's terrible — monstrous — unbelievable !"

---

1. **glow :** *lueur, luminescence ;* to **glow** : *luire, briller.*
2. **rustle :** 1) (ici) *bruissement, frémissement ;* 2) *vol de bétail ;* **to rustle** : *produire un bruissement.*
3. **bound :** prétérit de **to bind** : *lier, relier, attacher.*
4. **strand :** 1) (ici) *fil, brin ;* 2) *plage, grève.*
5. **to insulate :** *isoler* (électricité).
6. **lay :** prétérit de **to lie, I lay, lain** : *être étendu, couché ;* ne pas confondre avec **to lie, I lied, lied** : *mentir ;* **to lay, I laid, lain** : *coucher, étendre.*
7. **to struggle :** *lutter, combattre.*
8. **feverish :** *fiévreux, fébrile ;* de **fever** : *fièvre.*
9. **receiver :** *récepteur ;* de **to receive** : *recevoir.*
10. **faint :** *faible, timide, léger ;* **to faint** : *s'évanouir.*
11. **I called down to my friend :** notez les prépositions.
12. **tense :** *tendu, contracté, raide.*
13. **uncanny :** *mystérieux, étrange, surnaturel ;* par contre, **canny** : *rusé, prudent, circonspect.*

Pendant une minute, je suivis la lueur de sa lanterne et entendis le bruissement du fil qu'il déroulait derrière lui ; mais soudainement la lueur disparut brusquement, comme s'il avait rencontré quelque tournant dans l'escalier de pierre, et le son s'éteignit presque aussi rapidement. J'étais seul, et pourtant relié à ces profondeurs inconnues par les fils magiques du téléphone dont la verte surface isolée s'étalait sous les rayons tremblotants du croissant de lune déclinant.

Je regardais ma montre constamment à la lueur de ma lanterne électrique, et tendais l'oreille avec une fiévreuse inquiétude vers l'écouteur du téléphone ; mais je n'entendis rien pendant plus d'un quart d'heure. Puis je perçus un faible cliquetis dans l'appareil, et j'appelai mon ami d'une voix tendue. Craintif comme je l'étais, j'étais néanmoins peu préparé aux paroles qui s'élevèrent de ce caveau mystérieux, paroles proférées avec des accents de frayeur et de tremblements qui dépassaient tout ce que j'avais jamais entendu dans la bouche d'Harley Warren auparavant. Lui qui m'avait quitté si calme un moment plus tôt, m'appelait maintenant des profondeurs dans un murmure mal assuré plus sinistre que le cri le plus perçant :

— Mon Dieu ! Si vous pouviez voir ce que je vois !

Je ne pus répondre. Muet, je ne pus qu'attendre. Alors vinrent d'autres paroles frénétiques :

— Carter, c'est affreux... monstrueux... incroyable !

---

14. **vault :** 1) (ici) *caveau, tombe ;* 2) *cave ;* 3) *chambre-forte.*
15. **to quiver :** 1) *trembler, frissonner, frémir ;* 2) **a quiver** : (nom) *un frisson ;* 3) *un carquois* (flèches).
16. **calmly :** ▲ la prononciation [ka:mli].
17. **portentous :** *sinistre, de mauvais augure ;* **a portent** : *un présage.*
18. **shriek :** *cri perçant, hurlement ;* **to shriek** : *crier, hurler* (plus strident que **to shout** ou **to scream**).
19. **speechless :** *silencieux ;* de **speech** : *paroles.*
20. **frenzied :** *frénétique, affolé, délirant ;* **frenzy** : *frénésie, folie.*

This time my voice did not fail [1] me, and I poured [2] into the transmitter a flood [3] of excited questions. Terrified, I continued to repeat, "Warren, what is it ? What is it ?"

Once more came the voice of my friend, still hoarse [4] with fear, and now apparently tinged [5] with despair.

"I can't tell you, Carter ! It's too utterly beyond thought — I dare [6] not tell you — no man could know it and live — Great God ! I never dreamed of this !"

Stillness again, save for my now incoherent torrent of shuddering inquiry. Then the voice of Warren in a pitch [7] of wilder consternation :

"Carter ! for the love of God, put back the slab and get out of this, if you can ! Quick ! — leave everything else and make for the outside [8] — its your only chance ! Do as I say, and don't ask me to explain !"

I heard, yet was able only to repeat my frantic [9] questions. Around me were the tombs and the darkness [10] and the shadows ; below me, some peril beyond the radius [11] of human imagination. But my friend was in greater danger than I, and through my fear I felt a vague resentment [12] that he should deem [13] me capable of deserting him under such circumstances [14]. More clicking, and after a pause a piteous [15] cry from Warren :

"Beat it [16] ! For God's sake [17], put back the slab and beat it, Carter !"

---

1. **to fail :** *faillir, manquer, échouer ; faire défaut.*
2. **to pour :** 1) (ici) *verser, déverser ;* 2) *pleuvoir à verse.*
3. **flood** [flʌd] : *flot, déluge, inondation ;* **to flood** : *inonder ;* **The Flood** : (majuscule) *le Déluge* (biblique).
4. **hoarse :** *rauque, enroué.*
5. **to tinge :** *teinter, colorer* (plus délicat que **to color** (U.S.) ou **to colour** (G.B.)) ; **a tinge** : 1) *une teinte ;* 2) *un soupçon, une nuance.*
6. **to dare :** *oser, braver, affronter ;* **a dare** : *un défi.*
7. **pitch :** *registre, ton* (musical) ; **high-pitched** : *haut perché, aigu.*
8. **make for the outside :** (syn.) **make for it, run for the hills** ; *se sauver, fuir en courant.*
9. **frantic :** *frénétique, forcené, fou.*

Cette fois, je pus trouver ma voix et déversai dans le téléphone un flot de questions fiévreuses. Terrifié, je répétai continuellement :

— Warren, qu'y a-t-il ? Qu'y a-t-il ?

De nouveau la voix de mon ami se fit entendre, toujours rauque de peur, et maintenant paraissant teintée de désespoir.

— Je ne peux pas vous le dire, Carter ! C'est trop complètement impensable... Je n'ose pas vous dire... Aucun homme ne peut connaître cela et vivre... Grand Dieu ! Je n'aurais jamais pu rêver de cela !

De nouveau le silence, à l'exception du torrent maintenant incohérent de mes questions tremblantes. Puis la voix de Warren trahissant un atterrement encore plus effaré :

— Carter, pour l'amour de Dieu, replacez la dalle et sauvez-vous, si vous le pouvez ! Vite !... Laissez tout et fuyez d'ici... C'est votre seule chance ! Faites ce que je vous dis, et ne me demandez pas d'explications !

J'entendis, et pourtant fus seulement capable de répéter mes questions frénétiques. Autour de moi, il y avait les tombes et les ténèbres et les ombres ; au-dessous de moi quelque péril dépassant le rayon de l'imagination humaine. Mais mon ami courait un plus grand danger que moi, et malgré ma peur, j'éprouvai une vague rancœur qu'il me crût capable de l'abandonner en de telles circonstances. Le cliquetis se fit à nouveau entendre, et, après une pause, un cri pitoyable de Warren :

— Tirez-vous ! Pour l'amour de Dieu, replacez la dalle et tirez-vous, Carter !

---

10. **darkness :** *ténèbres ;* de **dark** : *sombre, obscur.*
11. **radius :** (latin) *rayon* (géométrique).
12. **resentment :** *rancœur, rancune, ressentiment.*
13. **to deem :** *croire, juger, penser que.*
14. **under such circumstances :** *en de telles circonstances ;* notez la préposition.
15. **piteous :** *pitoyable ;* **pity** : *pitié* (syn. **mercy**) ; **to pity** : *prendre en pitié.*
16. **Beat it :** m. à m. : *Battez-le ;* équivalent de : *tirez-vous, barrez-vous ;* argot légèrement démodé ; aujourd'hui, on dirait plutôt **get lost, bug off**, etc.
17. **For God's sake :** *Pour l'amour de Dieu ;* **sake** : *égard, intérêt, considération* (**to do sth for sb's sake** : *agir dans l'intérêt de qqn).*

Something in the boyish slang of my evidently stricken[1] companion unleashed[2] my faculties. I formed and shouted a resolution, "Warren, brace up[3] ! I'm coming down !" But at this offer the tone of my auditor[4] changed to a scream of utter despair :

"Dont't ! You can't understand ! It's too late — and my own fault[5]. Put back the slab and run — there's nothing else you or anyone can do now !"

The tone changed again, this time acquiring a softer quality, as of[6] hopeless resignation[7]. Yet it remained tense through[8] anxiety for me.

"Quick — before it's too late !"

I tried not to heed[9] him ; tried to break through the paralysis which held me, and to fulfill[10] my vow[11] to rush down to his aid. But his next whisper found me still held inert in the chains of stark[12] horror.

"Carter — hurry ! It's no use[13] — you must go — better one than two — the slab —"

A pause, more clicking, then the faint voice of Warren :

"Nearly over now — don't make it harder — cover up those damned steps and run for your life[14] — you're losing time — so long[15], Carter — won't see you again."

Here Warren's whisper swelled[16] into a cry ; a cry that gradually rose to a shriek fraught with[17] all the horrors of the ages —

---

1. **stricken :** ancien participe passé de **to strike, I struck, struck** : *frapper.* Survit dans **awe-stricken, panic-stricken.**
2. **to unleash :** *libérer, déclencher, lâcher* (des chiens) ; leash : *une laisse ;* **on leash** : *en laisse.*
3. **to brace up :** *garder courage* (**to brace oneself** : *se redonner des forces, se raidir*).
4. **auditor :** 1) (ici) *auditeur, interlocuteur ;* 2) *commissaire aux comptes, inspecteur.*
5. **fault :** 1) (ici) *faute ;* 2) *faille* (géologique).
6. **as of :** m. à m. : *comme de.*
7. **resignation :** 1) (ici) *résignation ;* 2) *démission.*
8. **through :** m. à m. : *il restait tendu à cause de (son) anxiété pour moi.*
9. **to heed :** (littéraire) *faire attention , prendre garde ;* en anglais plus usuel, on dirait **to mind** ou **to pay attention.**

Quelque chose dans l'argot enfantin de mon compagnon visiblement saisi d'effroi me rendit mes esprits. Je pris une résolution et je criai :

— Warren, gardez courage ! Je descends !

Mais à cette offre le ton de mon auditeur se changea en un cri de désespoir absolu :

— Ne le faites pas ! Vous ne pouvez pas comprendre ! Il est trop tard... et c'est ma propre faute. Replacez la dalle et courez... Il n'y a rien que vous ou quiconque d'autre puissiez faire à présent !

Son ton changea de nouveau, revêtant cette fois une plus douce sonorité, comme empreint d'une résignation sans espoir. Pourtant, sa voix restait tendue par son appréhension pour moi.

— Vite... avant qu'il ne soit trop tard !

Je tentai de ne pas tenir compte de ses paroles ; j'essayai de vaincre la paralysie qui me retenait, et de remplir mon vœu de courir à son secours. Mais son murmure suivant me trouva encore immobilisé par des chaînes de pure horreur.

— Carter... dépêchez-vous ! C'est inutile... Vous devez partir... Plutôt une personne que deux... La dalle...

Une pause, quelques cliquetis de plus, suivis de la faible voix de Warren :

— Presque la fin maintenant... Ne me rendez pas cela plus difficile... Recouvrez ces maudites marches et fuyez si vous tenez à la vie... Ne perdez pas de temps... Au revoir, Carter... ne vous reverrai plus.

Ici le murmure de Warren s'enfla dans un cri ; un cri qui s'éleva graduellement jusqu'à un hurlement rempli de toutes les horreurs du fond des âges...

---

10. **to fulfill** (G.B. **fulfil**) : *remplir, répondre à, satisfaire.*
11. **vow :** *vœu, promesse.*
12. **stark :** *pur, nu, absolu.*
13. **it's no use :** syn. **it's useless.**
14. **run for your life :** m. à m. : *courez pour votre vie.*
15. **so long :** (idiomatique) *au revoir* (**= good-bye**).
16. **to swell (I swelled, swollen) :** *gonfler, enfler ;* **a swelling** : *une enflure.*
17. **fraught with** [frɔːt] : *chargé de, plein de, fertile en.*

"Curse these hellish [1] things — legions — My God ! Beat it ! Beat it ! *Beat it !*"

After that was silence [2]. I know not how many interminable eons [3] I sat stupefied ; whispering, muttering [4], calling, screaming into that telephone. Over and over again through those eons I whispered and muttered, called, shouted, and screamed, "Warren ! Warren ! Answer me — are you there ?"

And then there came to me the crowning [5] horror of all — the unbelievable, unthinkable, almost unmentionable thing. I have said that eons seemed to elapse [6] after Warren shrieked forth his last despairing warning, and that only my own cries now broke the hideous silence. But after a while there was further clicking in the receiver, and I strained [7] my ears to listen. Again I called down, "Warren, are you there ?" and in answer heard the thing which has brought this cloud over my mind. I do not try, gentlemen, to account [8] for that thing — that voice — nor can I venture [9] to describe it in detail, since the first words took away my consciousness and created a mental blank [10] which reaches to the time of my awakening [11] in the hospital. Shall I say that the voice was deep ; hollow ; gelatinous ; remote [12] ; unearthly [13] ; inhuman ; disembodied [14] ? What shall I say ? It was the end of my experience, and is the end of my story.

---

1. **hellish :** *infernal ;* de **hell** : *enfer.*
2. **silence :** noter l'absence de l'article.
3. **eon :** (ou **aeon**) *éon, un âge, une éternité ;* unité de temps infiniment longue ; en géologie : *un milliard d'années.*
4. **to mutter :** *murmurer, marmonner, marmotter.*
5. **to crown :** *couronner, culminer ;* de **crown** : *couronne.*
6. **to elapse :** *passer, s'écouler* (le temps) ; ne pas confondre avec **a lapse** : (nom) *une erreur, une faute.*
7. **to strain :** 1) (ici) *tendre l'oreille, faire un effort ;* 2) **(= to sprain)** *fouler* (un membre) ; 3) *filtrer* (un liquide).
8. **to account :** *rendre compte, rapporter ;* **an account** : 1) *un compte-rendu ;* 2) *un compte en banque.*
9. **to venture :** *s'aventurer, se risquer, oser ;* **a venture** : *une entreprise ;* ne pas confondre avec **an adventure** : *une aventure.*
10. **blank :** *vide, blanc, vierge.*

— Maudites soient ces choses infernales... Légions... Mon Dieu ! Tirez-vous ! Tirez-vous ! *Tirez-vous !*

Après ce fut le silence. Je ne sais pendant combien d'interminables éternités je demeurai assis, hébété ; murmurant, marmonnant, appelant, criant dans le téléphone. Maintes et maintes fois durant ces éternités, je murmurai et marmonnai, appelai et criai, et hurlai :

— Warren ! Warren ! Répondez-moi... Êtes-vous là ?

Et alors vint l'horreur qui couronna le tout... L'incroyable, l'impensable, la presque indicible chose. J'ai dit que des éternités semblèrent s'écouler après que Warren eut hurlé son dernier avertissement désespéré, et que seuls mes propres cris rompaient maintenant le hideux silence. Mais après un moment, il y eut de nouveaux cliquetis dans l'écouteur, et je tendis l'oreille pour entendre. De nouveau j'appelai :

— Warren, êtes-vous là ?

Et pour réponse, j'entendis la chose qui fit fondre ce nuage sur mon esprit. Je ne puis essayer, messieurs, d'expliquer cette chose — cette voix —, ni m'aventurer à la décrire en détail, car ces premières paroles m'enlevèrent toute conscience et créèrent en moi un vide mental qui s'étendit jusqu'au moment de mon réveil à l'hôpital. Dirai-je que la voix était profonde, creuse, gélatineuse, lointaine, surnaturelle, inhumaine, désincarnée ? Que dirai-je ? Ce fut la fin de mon expérience, et c'est la fin de mon histoire.

---

11. **awakening :** (littéraire) *réveil ;* to **awake** : *réveiller ;* en anglais usuel, on dirait **to wake up**.
12. **remote :** *distant, éloigné* (**remote control** : *contrôle à distance*).
13. **unearthly :** *surnaturel, inhumain, extra-terrestre ;* de **earth** : *la terre.*
14. **disembodied :** *désincarné ;* formé sur **body** : *corps.*

I heard it, and knew no more [1] — heard it as I sat petrified in that unknown cemetery in the hollow, amidst the crumbling stones and the falling tombs, the rank vegetation and the miasmal vapors — heard it well up from the innermost [2] depths of that damnable open sepulcher as I watched amorphous, necrophagous [3] shadows dance beneath an accursed [4] waning moon.

And this is what it said :

"You fool [5], Warren is DEAD !"

---

1. **I knew no more :** (littéraire) *je m'évanouis,* cf. le français : « je perdis connaissance » ; en anglais usuel, on dirait **I fainted**.
2. **innermost :** *le plus profond, le plus secret* (syn. **inmost**).
3. **necrophagous :** *nécrophages* (qui mange les morts).
4. **accursed :** *maudit ;* **a curse** : *une malédiction ;* **to curse** : *maudire ; jurer*
5. **fool :** *imbécile, idiot ; un fou :* **a madman**.

Je l'entendis, et m'évanouis... Je l'entendis, assis, pétrifié dans ce cimetière inconnu dans un vallon, parmi les pierres effritées et les tombes écroulées, parmi la végétation luxuriante et les vapeurs pleines de miasmes... Je l'entendis jaillir clairement des profondeurs les plus secrètes de ce maudit sépulcre ouvert, pendant que j'observai d'amorphes ombres nécrophages danser sous une maudite lune déclinante.

Et voici ce que dit la voix :

— Imbécile, Warren est MORT !

Vocabulaire anglais-français

Impression réalisée sur Presse Offset par

BRODARD & TAUPIN

GROUPE CPI

20638 – La Flèche (Sarthe), le 22-10-2003
Dépôt légal : février 1987

POCKET – 12, avenue d'Italie - 75627 Paris cedex 13
Tél. : 01.44.16.05.00

Imprimé en France